달 모서리에
걸어둔 행복

하루를 여는 아침편지

달 모서리에 걸어둔 행복

초판 1쇄 인쇄 2018년 7월 15일
초판 1쇄 발행 2018년 7월 20일

지은이 | 김미양
그린이 | 전세정
펴낸이 | 김태화
펴낸곳 | 파라북스
기획편집 | 전지영
디자인 | 김현제

등록번호 | 제313-2004-000003호
등록일자 | 2004년 1월 7일
주소 | 서울특별시 마포구 와우산로29가길 83 (서교동)
전화 | 02) 322-5353 팩스 | 070) 4103-5353

ISBN 979-11-88509-12-6 (03810)
Copyright © 2018 by 김미양

*값은 표지 뒷면에 있습니다.

*이 도서의 국립중앙도서관 출판예정도서목록(CIP)은 서지정보유통지원시스템
홈페이지(http://seoji.nl.go.kr)와 국가자료공동목록시스템(http://www.nl.go.kr/
kolisnet)에서 이용하실 수 있습니다. (CIP제어번호 : CIP2018021257)

달 모서리에
걸어둔 **행복**

하루를 여는 아침편지　김미양 지음

파라북스

내가 만나는 사람들이 행복하기를, 나의 글을 읽은 사람들이 행복하다고 느끼면서 살 수 있기를 바라며 이 글을 썼습니다.

　나를 잘 아는 한 지인이 "행복을 강요하는 것이 아니냐?"라고 말했습니다. 사실 행복은 강요되는 것이 아니기에 강요할 수 없다는 것은 모두가 아는 사실입니다. 많은 사람들이 행복하기를 바랍니다. 하지만 그 행복은 특별한 것이고, 현실과는 동떨어진 먼 곳에 있다고 생각합니다. 또한 타인과 비교하면서 "행복은 나와는 거리가 있는 것이 아닐까?", "나는 왜 이렇게 되는 일이 없을까!" 하며 푸념하기도 합니다. 저는 이러한 부정적인 마음을 줄일 수 있다는 바람을 가지고 이 글을 썼습니다.

　또 다른 이는 시니컬하게 물었습니다. "당신은 정말 행복하세요?" 저는 이렇게 답했습니다. "네, 행복하다고 느끼면서 살아요." 그러면 저는 정말 행복하기만 할까요? 물론 아니에요. 제게도 남들에게 알리기 힘든 아픈 시간들이 있었으며, 두렵고 불안했던 어두운 터널을 통과하는 시간들이 있었습니다. 경제적으로 막대한 손실을 보는 결정을 해 힘든 시간을 보내기도 했고, 승승장구하리라 기대했던 일도 중도에 좌절한 경험도 있었으며, 예기치 못한 소중한 사람과의 이별도 있었습니다. 그뿐일까요? 그 외에도 이런저런 상실과 아픔을 겪으며 오늘에 이르렀습니다. 그런 시련의 시간들을 그래도 담담히 받아들이고, 저에 대한 긍정적 마음을 놓치지 않았기에 글을 쓰고 공유하는 것입니다.

가끔 저도 의문을 가집니다. "나는 진짜 행복한 거야?" 하고. 그러면 마음 한편에서 이런 질문이 또 떠오릅니다. "진짜 행복하다는 건 뭐야?" 타인을 향해 웃을 수 있는 여유와 내 아픔은 가릴 수 있는 참을성과 상대가 좋아하는 것을 주는 배려가 내게 있다면 행복한 것 아닌가 하는 마음의 답이 들려옵니다. 그러니 함께 행복하자고 말할 수 있는 것입니다.

지금도 기억납니다. 첫날 페이스북에 이렇게 썼어요. "행복열차가 지금 출발하려고 합니다. 준비됐으면 오라이~~" 그렇게 'WITH행복하샘'으로 글을 올리기 시작했습니다. '행복하샘'은 '행복하세요'의 의미와 행복이 솟아오르는 샘물과 같았으면 하는 바람을 담아 지은 필명이고, WITH는 We're in Thanks & Happiness로 '감사와 행복 속에서'의 의미를 담은 제 글의 제목입니다. 그날 탑승하신 분 중 여태 함께 해주신 분도 계시는데, 그 글과 짬짬이 쓴 글을 모아 책으로 엮어내게 되니 감사한 마음이 앞섭니다.

이 행복편지와 함께 하는 동안 간간히 고개를 끄덕이며 '맞아! 이렇게 생각할 수도 있네' 혹은 '그래, 나만 아프고 힘든 것이 아니었어' 한다면, 그래서 다시 한 번 용기와 힘을 내어 살아간다면, 세상을 향해 잔잔한 행복의 파문을 일으키고 싶었던 제 바람이 닿은 것입니다. 이 편지가 많은 분들에게 행복에 다가가는 축복의 통로가 되기를 꿈꾸어 봅니다.

차례

봄 삶의 따뜻한 향기

여름 일상의 행복

가을 나이듦에 대하여

겨울 시간 속의 존재

봄

삶의 따뜻한 향기

봄

긴 겨울 마른 칼바람에 울었을 갈대들이
봄을 맞이하는 강가에서
햇살을 받아 반짝이고 있습니다.

언 땅에 달라붙어 오돌오돌 떨었을 풀들이
따뜻한 햇살 몇 줌에
마른 풀 사이로 고개를 내밀었습니다.

아직 너른 들판은 여전히 마른 풀빛이지만
볕 좋은 곳의 목련은 망울 맺고
가냘픈 가지에 푸른빛이 감돕니다.

긴 겨울엔 납작 엎드려 버틸 것
제 몸의 수분은 모두 날려 버리고 마른 잎 되어 버틸 것
그러다 보면 따뜻한 봄은 온다는 것.

유난히 꽃 피는 봄이 기다려집니다.
올 겨울의 끝자락이 추워서이겠죠?

아직은 아침저녁으로 추워요.

감기 조심하세요. ♡

견디다
보면
따-뜻한

봄이 꼭
올거에요

아이디와 비밀번호

오랜 만에 접속하는 Site라
아이디와 비밀번호가 생각나지 않아
순서에 따라 아이디 찾기를 하고
비밀번호를 재발급을 받아 로그인을 하였다.

대부분 아이디와 패스워드를
자신만이 알 수 있고 기억하기 쉬운 것으로
몇 개 설정하여 번갈아 사용하곤 한다.

사람과의 관계에서도 그런 것 같다.
우리는 필(feel)이 통했다고 하는데
그것은 바로 상대가 내 마음의 아이디와 패스워드를
단번에 알아낸 경우가 아닐까?

내 마음의 아이디와 패스워드는
무엇으로 설정되어 있는가?
너무 어려운 숫자와 문자와 기호의 조합으로
나도 외우기 어려운 것이 있는가 하면,

너무나 쉬워서 나의 신상자료 몇 개만 알면
단번에 알아낼 수 있는 것도 있다.

우리의 패스워드는
때로 말로 표현되고, 때론 표정으로 표현된다.
알 만하면 자주자주 암호를 변경해서
까도까도 양파 같다는 말을 듣게 된다.

너무 어렵지 않게
그러나 너무 쉽지 않게
그렇게 패스워드를 설정하고
타인과의 관계를 맺어 가면 좋겠다.

비밀번호를 찾아 로그인할 때, 느끼게 되는 안심
그것은 서로를 제대로 알아갈 때, 느끼는 편안함 아닐까?

가끔 그의 마음을 열 수 있는
비밀번호를 잃어버렸다면
똑! 똑!
상대의 마음을 노크하고
그 혹은 그녀의 마음을 움직일 수 있는
열쇠를 조심스레 찾아보자.

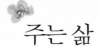

주는 삶

옛날에 옛날에 하고 시작하는 이야기가 가끔 있는데
그런 이야기들은 대개의 경우 교훈을 포함하고 있지요.
짧은 이야기지만 새겨들으면 좋을 것 같아 가져왔습니다.

옛날에 어떤 이가 제자와 길을 걸어가고 있었습니다.
그런데 마주 오던 어떤 이가 어르신에게 욕을 했다고 합니다.
그러나 어르신은 아무 말도 하지 않고 묵묵히 길을 가시니
함께 가던 한 제자가 물었습니다.
"선생님께 저렇게 까닭 없이 험한 욕을 하는데, 왜 한마디 말씀도 하지 않으십니까?"
"어떤 사람이 물건을 가지고 와서 너에게 주려고 하였는데, 네가 받지 않으면 그 물건은 누구 것이지?"
"주려던 그 사람의 것이지요"
"그가 하는 욕을 받지 않았으니, 아까 내게 한 그의 욕은 그의 것이니라."

최근에 만난 어느 분께 살아가는 데 소중하다고 생각하는 세 가지를 말씀해 달라고 했더니, 인간관계와 성실성(꾸준함과 집요함) 그리고 상대가 기대하는 것보다 많이 주고 나서 잊을 것을 말씀해 주셨습니다. 특

히 마지막이 귀에 쏙 들어왔어요. 예전에 어머니도 그런 말씀 하신 적이 있었거든요. "누군가에게 선물을 하려거든 그 사람이 기뻐하게 해줘라." 근검절약의 표본이던 어머니는 하느님이 기뻐하시라고 그랬는지 아낀 돈을 학비 없는 신학생을 돕는 데 기꺼이 쓰셨고, 신축하는 여러 성당에 성모 마리아상을 봉헌하셨어요. 가끔 제가 누리는 평온함을 넘어서는 과분한 행운이 어머니의 봉헌 덕분이 아닌가 생각할 때가 있습니다.

특히 "주고 나서 잊어라"라는 말씀은 한번 되새겨 보아야 할 필요가 있는 것 같습니다. 세상에 가장 소중한 베풂은 보답을 바라지 않는 베풂이겠지요. 부모가 자녀에게 주는 것이라고 바로 그런 베풂이 아닐까요. 자녀들에게 뭔가를 기대하지 않아서 부모의 사랑과 베풂은 소중하고 또한 위대합니다. 하지만 자식들이 "앞으로 이렇게 저렇게 해드리게요" 할 때 공약(空約)인 줄 알면서도 마음이 흡족해지는 것을 보면, 바라지 않는다는 것이 얼마나 어려운 일인지 알기에, 상대가 바라는 것보다 잘해 주고 그것을 잊는다는 그 분이 얼마나 멋져 보이던지요.

타인에게 너그럽기는 쉽지 않은 것 같습니다. 오히려 앞의 이야기에 나오는 제자처럼 누군가 나를 비난하면 같이 욕은 못 해도 속으로 부글거렸고, 심지어 찬스를 잡아 한 방 날려주는 센스를 발휘할 때도 있었습니다. 같은 양의 물을 부으면 작은 잔은 물이 넘치지만, 큰 잔은 여유롭게 품습니다.

누군가 짜증이나 화를 자주 내면 그 사람 마음의 크기가 그만큼밖에 안 되려니 생각해야지 하면서도, 뜻대로 되지 않을 때가 있습니다. 특히 서운한 감정이 들면 보상받고 싶은 마음에 "하지 말아야지" 하면서도 기어코 하고 마는 저를 보게 됩니다. 어제 저녁에 그러고 말았더니 아침까지 마음이 불편하네요.

제 마음의 크기를 키워야겠습니다.
누가 저를 서운하게 해도 마음이 흔들리지 않도록.
누군가에게는 야박한 마음을 가지지 않도록.

나방의 고통

봄이다. 꽃이 피고 여기저기 나비가 날갯짓하며 날아간다. 덩달아 마음이 설렌다. 내게는 나비와 나방을 구별해낼 재주가 없지만, 나방과 나비는 다르다고 한다. 나비와 나방은 더듬이와 활동시간대, 번데기 모양 등으로 구분할 수 있다고 한다. 나비는 주로 낮에 활동하고 곤봉 모양의 더듬이를 가지고 있고 번데기가 노출되어 있으나, 나방은 주로 밤에 활동하고 실 모양이나 톱니 모양의 더듬이와 번데기가 고치 안에 있는 특징을 갖는다. 이 밖에도 날개를 접고 내려앉으면 나비이고 날개를 펴고 내려앉아 있으며 대개 나방이라고 한다.

나비면 어떻고 나방이면 어떠랴? 날갯짓하며 꽃을 찾아 이리저리 훨훨 날아다니는 모습은 자유스럽고 화려해서, 나도 어디론가 훨훨 떠나고 싶다는 생각을 하게 한다.

영국의 박물학자 앨프레드 러셀 윌리스(Alfred Russel Wallace 1823~1913)는 고치에서 세상을 향해 나오려고 몸부림치는 나방의 모습을 보고 중요한 사실을 알게 된다. 번데기에서 나방이 되려면 고치를 뚫고 나와야 하는데, 바늘구멍 크기의 작은 틈으로 나오는 데 하루 정도 걸린다고 한다. 번데기는 힘든 고통의 시간을 이겨낸 후 밖으로 나와 나방이 되어 하늘을 향해 날갯짓하며 훨훨 날아간다.

이 과정을 지켜보던 윌리스가 고생하는 나방을 도와주겠다는 생각에 고치를 살짝 찢어주었다고 한다. 나방은 쉽게 고치에서 빠져나올 수 있었지만, 날갯짓을 서너 번 푸드득거리다 바로 죽고 말았다고 한다. 고치를 뚫고 나온 '나방의 고통'이 세상을 향해 날갯짓하며 살아갈 수 있는 생명의 원동력이라는 것을 윌리스는 뒤늦게 깨달았다.

최근 출산율이 떨어지고, 대개 한 자녀나 많아야 두 자녀를 두는 경우가 많다. 자녀에게 많은 관심을 기울이는 것은 좋은데, 가끔 모든 것을 다해 주는 부모들을 만나게 된다. 윌리스처럼 고치를 찢어주는 것이다. 그러고는 이렇게 말한다. "스스로 해야지! 스스로 해야 한다고."

그러나 세상에 나와 날 힘을 얻지 못해 푸드덕거리다 죽은 나방처럼 자녀들은 스스로 무엇인가를 할 힘이 없다는 것. 그래서 바라보는 것이 안타까워도 자녀의 성장을 지켜보아 주는 것이 대신 해주는 것보다 훨씬 중요하다.

세상살이는 시작하는 순간부터 대가를 치러야 한다.
우아한 날갯짓 뒤에 치열한 노력이 숨어 있다는 것.
고통을 이겨낸 삶은 희망이 있기에 참 아름답다.
그 고통이 나를 날갯짓하게 해줄 원동력이 된다.

그럼 오늘도 힘내서,
아자 ～～.^^

고통을
이겨낸 삶은
희망이 있기에
삶이
아름답다

화분

저지른 탓에 억지 춘향으로
식물 보살피기에 돌입한 요즘,
각각의 화분들을 통해 배우는 것이 많다.

우선, 큰 화분에 심을 것.
그래야 물을 덜 주어도 되고
겨울에 살아남을 확률도 크다.
지구라는 화분에 살고 있던 녀석을
밥그릇만한 것에 담아 놓았으니.

둘째, 바람을 쐬어주어야 한다.
식물의 성장에 바람이 필요하다는 사실을
처음 알았다고 하자 이렇게 말해준 이가 있다.
"흔들리지 않고 피는 꽃이 어디 있으랴."
나는 바람을 견뎠다는 의미로만 알았지
바람이 필요하다고는 생각하지 못했다.
그러니 식물만 사오면 다 죽는다고 푸념하고 있었던 거다.

셋째, 상한 가지와 잎은 잘라주어야 한다.
그래야 새로운 것이 돋아난다.
비워야 채운다고 하는데
그것보다 더 무섭게 표현하면
도려내야 새로운 것이 돋아난다.

넷째, 많이 주는 것이 사랑이 아니다.
적게 주는 것은 고통이다.
물을 자주 주면 어느 날 툭하고
밑동이 뽑히고 잎들이 녹아난다.
그래서 적게 주기 시작하면 조금씩 마르다가
어느 날 제 몸의 수분을 다 뽑아내고 바스락 소리 내며
떨어지는 잎을 마주하게 된다.

내가 데려온 아이들이 내 손에 달렸다는 것이 두렵다.
담임 할 때 반 아이 하나하나의 특성을 살피며
대하는 것은 어렵지 않았는데
이게 뭐 대수라고 이리 애태우는지.

내 관심분야가 아니어서 그랬겠지 하고 나를 위로하며
늘 나무들이 들려주는 이야기에 귀 기울이며
하루를 시작한다.

고르디우스의 매듭

고르디우스의 매듭이라고 들어 보셨나요?
아시아를 정복하는 사람만이 풀 수 있다고 전해진 매듭으로
많은 사람들이 그 매듭을 풀려고 도전했지만
아무도 풀지 못했어요.

그런데 BC 330년 알렉산드로스 대왕이 그 매듭을 풀었어요.
어떻게?
칼로 매듭을 단칼에 끊어버렸다고 해요.
콜럼버스의 달걀처럼 쉬운 것을.
그 방법을 알고 나니 그토록 간단한 것을.

혹시 지금 주변이 엉키어 있지는 않은가요?
낑낑거리며 해결책을 찾고 계신가요?
그럴 땐 한 발 물러서 바라보고
그 문제로부터 벗어나 보시기를 권합니다.

비록 처음부터 다시 해야 하는 수고가 기다릴 테지만
더 꼬여 시간만 낭비하는 일은 최소한 막을 수 있을 테니까요.

단추가 잘못 맞추어진 것을 아는 순간
다시 풀어 매는 것처럼
인간관계이든, 사업이든 잘못되었다는 것을 아는 순간
매듭을 푸는 것이 현명하겠지요.
지금까지의 노력이 아깝다고 계속 붙잡고 있다면
그 시간과 노력마저도 수포로 돌아갈 테니까요.

글을 쓰다 보니 어렸을 때 겨울이면 삼남매의 털실옷을 뜨시던 어머니가 문득 떠오릅니다. 기성복이 드물었고 겨울이 추웠던 시절에 어머니가 하신 중요한 일 중에 하나가 겨울을 나기 위해 우리 남매의 옷을 준비하는 것이었습니다. 새 털실로만 하면 실값이 비싸고 헌 실로만 하면 옷이 튼튼하지 못하니 둘을 섞어 사용했습니다. 작아진 털옷에서 풀어내어 구불어진 털실을 난로 위 주전자에서 뿜어 나오는 수증기를 쐬어 편 다음, 뜨개질을 하셨지요. 맏이였던 저는 실을 잡아드려야 했는데, 해마다 늘어나는 실의 색 조합이 제법 멋져 은근히 기대를 하곤 했습니다.

어머니는 옷에서 풀어낸 실이 엉클어지지 않도록 손과 다리를 이용해 실타래를 만드셨는데, 실이 엉키면 이리저리 돌려 풀어내시던 모습이 지금도 선합니다. 정 풀어내지 못하면 잘라내고 이어서 썼는데, 매듭이 옷 안으로 들어가게 만들어 표시가 나지 않게 해주셨어요. 동네에 기계로 털실옷을 짜는 집이 생기자 더 이상 하시지 않게 되었지만요.

오늘 하루, 여러분은 엉클어지는 일 없이 만사형통하시기를 기원합니다. 혹시나 엉클어지더라도 풀어내려고 애쓰다 더 꼬이게 하지 말고 뚝 끊어내고 심기일전해서 돌파하시기 바랍니다.

욕망은 거미줄

인간의 마음속에 있는 욕망은 거미줄과도 같다.
처음에는 낯선 손님이었다가 단골손님이 되고,
그 다음에는 나의 주인이 되어버린다.　　　－ 탈무드

늦은 밤 눈에 띈 글귀가 마음에 남아
오래 생각했습니다.
난 욕심이 없었다고 생각했는데
실제로는 정말 욕심이 많았다는 것을 민낯처럼 발견하고
한동안 생각했습니다.
벌써 나의 주인이 된 나의 욕망들,
그래서 발버둥 치며 안간힘을 쓰게 하는…
이 밤, 쓸데없이 욕심 부리지 않도록
나의 욕망을 경계하는 글귀를 만난 것에 감사합니다.

새로이 시작하는 월요일 아침 ^^
나의 욕심이 나를 성장시키도록
나의 욕망이 나를 옭아매지 않도록
그래서 평온한 일상을 시작하시기 바랍니다.

나의
욕망이
나를
옭아매지
되 않도록

홍차를 우립니다

아침에 일어나 홍차를 우립니다.
전기포트에 물을 올리고 끓는 동안
거름망에 홍차 잎을 넣고 찻잔을 준비합니다.
어떤 찻잔을 사용할까 고르는 것도 작은 기쁨입니다.

물이 끓으면 온도가 적당해질 때까지 잠시 기다렸다가
거름망에 물을 따르고,
찻잔에도 물을 부어 따뜻하게 만들어 줍니다.
너무 오래되면 떫은맛이 나니 적당한 시간이 흐르면 차를 내립니다.
몇 차례 우려 찻주전자에 차가 가득 차면
부자가 된 듯한 기분이 듭니다.
아침을 여는 의식으로는 시간이 조금 걸리기는 하지만
따뜻한 차를 마시면 혀끝부터 풀리는 느낌이 좋습니다.

차에 대해 잘 모르고
우리는 과정도 제 편의대로 간략하게 합니다.
그러나 차를 우리는 물의 온도와 시간은 중요하게 생각합니다.
차는 적당히 우려야 떫은맛이 나지 않기 때문입니다.

온도가 너무 높거나 낮아도 원하는 맛을 기대할 수 없습니다.
그러니 차를 내리는 동안은 지켜볼 수밖에 없습니다.

'우리다'라는 말은 액체나 고체에 함유된 어떤 성분을
추출하는 것을 의미하는 단어인데,
사람들에게도 그 단어를 사용합니다.
우러나오는 마음이라든가,
"그 사람을 우려먹는다" 등으로.

차를 잘 우려내려면 온도와 시간이 중요하듯이
누군가 내게 진심에서 우러나오는 마음으로 대해주기를 바란다면
나부터 따뜻한 마음으로
적당한 시간을 두고 기다려주어야 한다는 생각이 문득 들었습니다.

그 사람을 울궈먹을 때도 너무 오래 우려먹으면
더 이상 우려낼 것이 없다는 사실을 인식하고,
적당한 선에서 새로운 찻잎을 넣어주듯이
격려도 해주고 칭찬도 해주어야 하지 않을까 생각했습니다.

특히 온도가 낮으면 차도 잘 우러나지 않고 떫습니다.
다른 사람에게 차갑게 대하면서
좋은 인간관계를 기대하는 것이 욕심일 것입니다.

그럼 오늘, 따뜻한 차 한 잔과 아침 인사를 나누며
하루를 시작해 보실까요?
좋은 아침!
오늘 입고 온 원피스 참 잘 어울리네~
오늘따라 셔츠가 멋져 보이세요~
당신과 함께해서 행복합니다~ 하면서.

적당한 시간을 두고 기다려 주어야 한다

우생마사

　혹시 우생마사(牛生馬死)라는 고사 성어를 들어 보셨나요? 소는 살고 말은 죽는다? 이건 무슨 의미이지? 지금부터 제가 유래를 들려 드릴게요.

　말과 소를 동시에 저수지에 던지면 둘 다 헤엄쳐서 뭍으로 나온다고 합니다. 말이 헤엄치는 속도가 훨씬 더 빨라 소보다 거의 두 배는 빠르게 땅을 밟는데, 네 발 달린 짐승이 무슨 헤엄을 그렇게 잘 치는지 보고 있으면 신기할 정도라고 합니다.

　그런데 홍수라도 나서 물살이 세지면 상황이 달라진다고 합니다. 갑자기 불어난 물에 소와 말이 동시에 떠내려가면, 소는 살아서 나오는데 말은 익사한다고 합니다. 헤엄을 잘 치기 때문일까요? 말은 강한 물살을 이겨내려고 물을 거슬러 헤엄쳐 올라가려 합니다. 1미터 전진하다가 물살에 밀려서 다시 1미터 후퇴하기를 반복합니다. 그렇게 물살과 씨름을 하면서 제자리를 맴돌다 지쳐 결국 익사하게 된다는 것입니다.

　그런데 소는? 소는 물살을 거슬러 올라가지 않습니다. 그냥 물살을 등에 지고 같이 떠내려갑니다. 저러다 죽지 않을까 걱정되지만, 조금씩 강가로 떠내려가서 강물이 얕은 모래밭에 발이 닿으면 엉금엉금 걸어 나온다고 합니다.

　헤엄을 잘 치는 말은 물살을 거슬러 올라가다 힘이 빠져 익사하고, 헤엄에 둔한 소는 물에 몸을 맡겨 마침내 강가에 닿아서 목숨을 건진다는 것입니다.

우리도 살다 보면 때로는 감당하기 힘든 일을 만날 때가 있습니다. 이럴 때 빨리 빠져나오려고 애를 쓰면 쓸수록 힘이 빠져 어려움이 가중될 수 있습니다. 가만히 힘을 빼고 물살이 움직이는 방향으로 흘러가는 것이 순리이듯이, 내가 처한 상황이 물결을 타도록, 까짓것 피할 수 없으면 즐기자~~ 하는 마음으로 지내는 것이 현명할 것입니다.

오늘 월요일입니다.

휴식이 있었던 주말에 감사하며 내게 있는 일을 즐기는 하루 보내세요.

약점

　가끔은 장점이 약점이 되기도 하는데, 성경 속에 등장하는 힘 센 장수 골리앗과 이를 물리친 다윗의 이야기는 이걸 잘 보여준다. 사무엘상 17장에는 그 유명한 다윗과 골리앗의 전투가 묘사되어 있다. 골리앗은 키가 275cm 이상으로 보통 사람과는 비교도 안 될 만큼 장대한 거구였고, 공격과 수비를 위한 전투 장비만 70kg 이상 되는, 그 자체로 요새인 장수로 묘사된다. 그런데 이런 골리앗의 강점도 다윗을 만났을 때에는 무용지물이 되고 말았다. 다윗은 골리앗이 육중한 철갑으로 방어하고 있는 부분은 전혀 공격하지 않고 빈틈인 이마를 노렸고, 결국 다윗이 던진 물맷돌에 골리앗은 이마를 맞고 쓰러졌다.

　반면에 약점을 강점으로 만든 사람도 있다. 흔히 사람들이 성공했다고 말하는 사람들 가운데 상당수가 처음에는 약점 때문에 열등감을 가졌다고 한다. 말츠라는 심리학자는 95%의 사람들이 자신의 약점 때문에 열등감에 빠져 있다고 말한다. 성공한 사람들은 약점이 없는 사람이 아니라 약점을 극복한 사람들이라는 것이다. 학력 때문에 어려움을 겪은 링컨이나 소아마비를 앓았던 루스벨트도 약점을 극복하고 대통령이 되었고, 어린 시절 매우 가난했던 록펠러는 세계 최대의 부를 이루었다. 청각장애가 있었던 베토벤은 악성(樂聖)이 되었다. 문제는 약점이 아니라 약점을 극복하지 못하는 것, 그것이었다.

'맨발의 제왕'이라고 불리던 마라톤 황제 아베베 비킬라는, 달리기에 서만은 그를 이길 자가 지구상에는 없다는 평을 받았다. 그런 그가 갑자 기 관절염에 걸렸다. 달리기 선수에게 다리를 쓸 수 없다는 것은 미술가 가 시력을 잃은 것과 같고, 음악가가 청력을 잃은 것과 같은 것이다. 모 두가 "그의 선수 생애는 이제 끝났다"고 말했지만, 그는 장애인이 되어 서도 서울 패럴림픽에 참가했다. 장애인 마라톤 선수로 재기한 그는 세 계인으로부터 더 많은 사랑을 받았다.

오늘은 나의 약점을 사랑하는 하루로 살아보세요.
늦잠 자는 약점은 느긋하게 아침을 즐기는 장점으로,
친구가 많아 생활이 어수선한 경우는 사회성이 좋은 장점으로.
인색한 경우는 경제관념이 철저한 것으로.
앗, 그건 아니지요. 남에게 피해를 주는 약점은 고치는 걸로~~
네~ 오늘 하루 내게 조금 부족한 점을 사랑하는 사람이 되어
자신을 어루만지며 보내세요.

말의 소중함

'혀는 뼈가 없어도 뼈를 부러뜨린다'는 속담이 있습니다.
이렇게 말의 힘은 위대합니다.
말의 힘이 큰 것을 일깨우는 속담은 이 밖에도 많습니다.
'혀는 마음을 베는 칼이다.'
'못된 혀같이 모질게 베는 칼은 없다.'
'입은 재앙을 부르는 문이고 혀는 목을 베는 칼이다.'
'말 한마디로 천 냥 빚을 갚는다.'

세 치밖에 안 되는 혀는 누군가의 마음에 깊숙이 박혀 잊히지 않을 말을 합니다. 들어서 기분 좋은 말도 있고, 들으면 기분 나빠지는 말도 있습니다. 기분이 좋아지면 내가 바라지 않았던 좋은 결과가 보답으로 돌아오기도 하고, 기분이 상하면 경우에 따라 그 말을 들은 사람의 앞날에 치명적인 영향을 미치기도 합니다.

최근에 뮤지컬 한 편을 보았는데, 많은 이의 사랑을 받던 대중가수의 요절이 배경이 된 뮤지컬이었습니다. 함께 공연활동을 하던 팀이 우여곡절 끝에 해체되어 그 가수만 싱글로 앨범을 내고 활동을 하게 되었습니다. 다시 함께 공연하고자 했던 그들의 바람은 이루어지지 않았고, 그 가수가 돌아올 수 없는 길을 떠났다는 것을 알게 됩니다. 그것을 아쉬워하며 그 친구를 다시 만난다면 "그동안 힘들었지? 힘 내!" 이렇게 한마디 하고 싶다는 것이 마지막 대사였습니다. 그 뮤지컬을 보고 와서도 한동안 그 대사가 떠올랐습니다. 그 말이 뭐 그리 힘들었다고. "그동안 힘들었지? 힘 내!" 하고 진즉 말해 주었더라면 친구의 죽음을 마주하지 않아도 되었을지도 모르는데.

누군가 내게 하는 행동은 거울을 본다고 생각하고,
누군가 내게 하는 말은 메아리라고 생각하면 될 듯합니다.
'나는 안 그러는데 너는 왜 그러니?'가 아니고, '내가 뭔가 단초를 제공했겠지' 생각하면 조금은 일이 쉽게 풀립니다.
순간의 방심으로 얼떨결에 돌이킬 수 없는 말을 하여 타인의 마음을 상하게 하는 일이 없도록 조심! 또 조심하기입니다.

사리불의 물음

아침인데도 햇살이 뜨거운 바람을 품고 있어요.

한여름처럼 더위가 기승을 부립니다.

이런 때는 사소한 것에도 화가 나기 마련인데.

특히 남의 잘못이 눈에 보여 내 마음이 힘들어지는 경우가 많습니다.

이런 경우에 부처님이 제자에게 하신 말씀을 새겨 보시길 권합니다.

어느 날 붓다에게 지혜가 으뜸인 제자 사리불이 예를 갖추고 여쭈었습니다.

"남의 잘못을 들춰내야 할 때, 어떻게 하면 마음을 평온한 상태로 유지할 수 있습니까?"

붓다께서 대답하시길,

"남의 잘못을 들춰낼 때도 다섯 가지를 염두에 두어야 한다.

첫째, 들추려는 잘못이 사실인지를 반드시 확인해야 한다.

둘째, 시기가 적절한지를 살펴야 한다.

셋째, 이치가 상대방이나 제3자에게도 이익이 있어야 한다.

넷째, 부드럽고 조용하며 시끄럽게 하거나 까다롭지 않게 한다.

다섯째, 사랑하는 마음을 꾸준히 유지하며 성내지 않아야 한다."

남의 눈의 티끌을 보느라 내 눈의 들보를 보지 못하는 것이 사람입니다. 몇 년 전 추석연휴에 아내에게 소리를 지르고 과격한 행동을 하다가 경찰에 연행된 연예인이 있었습니다. 그 사실을 선정적이고 과장되게 부풀려 보도한 언론사들 때문에 가족들이 피해를 보았다고 고소를 했던 그가 며칠 만에 고소를 취하하고 한 인터뷰가 인상적입니다.

"어제 오늘 아내와 얘기를 하면서, 근본적으로 나한테 문제가 있었는데 안 좋은 결과만 가지고 계속 남만 탓하고 있다는 생각이 들었습니다. 우리 가족을 어렵게 만든 사람은 바로 나 자신입니다. …… 내가 제일 비겁했어요. 내가 아내에게 욕설을 퍼붓고 힘들게 했고, 남편으로 가장답게 멋지게 살지 못했는데, 자꾸만 남이 망쳐놨다고 핑계를 댔어요. 일종의 책임회피죠. 아내에게 몹쓸 욕을 하고 경찰까지 출동하게 만들었는데 그 잘못은 생각도 안 하고, 우리를 나쁘게 보도한 언론사만 탓했어요. 가만히 보면 그 언론사는 제일 먼저 쓰기도 했지만, 제일 먼저 기사를 내려주신 곳이에요. 나름대로 제 입장을 들어주신 건데. 남의 눈에 티끌 보느라, 내 눈 들보는 보지도 못한다는 말이 딱 맞는 거 같아요." 그리고 이렇게 덧붙였어요. "즐거운 한가위 명절에 소란을 피워 죄송합니다. 이번 일을 계기로 누굴 탓하고 원망하기보다 나 자신부터 바로 서야겠다는 교훈을 얻었습니다."

물의를 일으켰으나 해결하는 과정에서 자신의 잘못을 깨달은 그는 아마 두 번은 그런 잘못을 되풀이하지 않을 거예요. 자신의 잘못에는 후하고 타인의 잘못에는 인색한 우리의 모습을 반성하며, 부처님이 제자인 사리불에게 주신 말씀을 새겨 행동해야겠습니다.

비움

어제 냉동실에서 무엇을 찾으려고 보니
얼음덩이들이 꽉 차 있기에 오늘 정리 좀 하려고,
음식물 수거봉투 중 용량이
큰 것 두 장을 사왔습니다.

제 냉장고는 빈틈없이 꽉 차 있는데도
급히 조리하려면 또 사야지 하는 생각을 하게 합니다.
반면, 늘 넉넉한 여유 공간을 가진 시어머니는
냉장고에서 이것저것 꺼내 뚝딱
언제라도 맛있는 음식을 만들어 주십니다.
결국 무엇을 채우고 있느냐가 중요한 것이 아니라
어떻게 하느냐가 중요한 것임을 깨닫게 됩니다.

생각지 않게 맛있는 떡이 생기면
한꺼번에 다 먹지 못해서 냉동실에 넣어두는데,
늘 냉동실이 꽉꽉 차 있기에 오래된 것을 버려야
새로운 떡 보관이 가능합니다.

비워야 채움을 여기서 배웁니다.
책꽂이도 가득 차 새로운 책을 사오면
서가를 가만히 들여다보고 꽂혀 있던 책을 빼내야
새 책을 꽂을 수 있는 것도 같은 이유이지요.
언젠가 필요할 것이라는 미련 때문에
현재의 불편함을 감수할 수 없으니까요.

오늘
날씨 포근한 오늘
모처럼 냉장고 비워내고 개운한 하루 보내겠습니다.

여러분도 일주일의 어려움 비우시고
개운한 하루 보내세요.

고난과 행복

    옛날에 착한 사람이 죽은 후에 하늘나라에 갔더니, 천사가 뭔가를 열심히 포장을 하고 있었답니다. 궁금해서 물었어요.

"천사님! 무엇을 그렇게 열심히 포장하세요?"

"사람들에게 전해줄 행복입니다"

"아니 그런데 왜 그렇게 단단하게 포장하세요?"

"네, 사람들에게 전해주려면 거리도 멀고 시간도 많이 걸려 단단하게 포장하고 있어요."

"아! 그러셨군요. 그 포장지는 무엇으로 만들어졌나요?"

"행복을 감싸고 있는 포장지는 고난이랍니다. 이것을 벗기지 않으면 행복이란 선물은 받을 수가 없어요."

그렇게 말하고 바쁜 듯이 어디론가 가려하는 천사에게 다시 물었지요.

"천사님! 그 고난이라는 단단한 포장은 어떻게 열지요?"

"고난이라는 포장을 열 수 있는 열쇠는 바로 감사하는 마음입니다. 감사하는 마음을 품고 아름답게 살아가면 고난이라는 포장을 열고 행복이라는 선물을 받을 거예요."

    고난이 없는 사람이 누가 있을까요? 정말 사랑했는데 어느 날 혼자 남게 되는 경우도 있고, 최선을 다해 준비했는데 타인에 의해 왜곡이 되는 경우도 있습니다. 누구는 일이 너무 많아서 힘들기도 하고, 아무리 노력해도 성적이 오르지 않아 좌절에 빠지기도 할 것입니다. 누구에게나 닥치는 고난도 어떻게 받아들이느냐에 따라 평생 되는 일이 없는 사람이 되기도 하고, 어려움을 딛고 일어서 자신에게 유리한 기회로 만드는 사람이 되기도 합니다. 접촉사고를 내고 그나마 인사사고를 내지 않아 다행이라는 사람과 재수 없게 사고가 났다고 생각하는 사람은 표정부터 다를 것입니다.

그래서 사람이 나이가 들면 미남이나 미녀였을 것 같은 사람보다, 표정이 온화하고 자신감 있어 보이는 얼굴이 훨씬 좋아 보이나 봅니다. 내게 온 행복을 싸고 있는 고난을 감사라는 열쇠로 풀면 된다고는 하지만, 감사하는 마음이 저절로 생기는 것은 아닙니다. 잡냄새가 없어지고 뽀얀 국물 맛이 일품인 설렁탕을 우려내기 위해서는 오랜 시간이 필요하듯이, 감사하는 마음을 늘 지니기 위해서는 꾸준한 연습이 필요합니다.

오늘
나를 둘러싼 감사한 것들을 찾는 하루,
그래서 감사를 만나는 하루 보내세요. ^^

내게 온 행복을
감싸고 있는
고난을

감사

라는
열쇠로
풀면된다

어느 날 문득

어느 날 문득
이런 생각이 들었습니다.

그는 나의 사랑을 까마득히 모를 수도 있겠구나.
나는 사랑하고 있는데

그는 은혜를 모른다고 생각할 수도 있겠구나.
나는 고마워하고 있는데

그는 벌써 잊었다고 생각할 수도 있겠구나.
나는 아직 기다리고 있는데

그는 내가 잘못했다고 생각할 수도 있겠구나.
나는 잘한다고 했는데

그는 나를 교만하다고 생각할 수도 있겠구나.
나는 겸손하게 행동했는데

그는 자기가 의심받고 있다고 생각할 수도 있겠구나.
나는 그를 믿고 있는데

그는 저것이 옳다고 생각할 수도 있겠구나.
나는 이것이 옳다고 생각하는데

서로의 생각이 다를 수도 있겠구나.
내 이름과 그의 이름이 다르듯
내 하루와 그의 하루가 다르듯.

나와 가장 가까운 사람이라고 생각했던 그와 문제가 생기는 건 도무지 알 수 없는 마음이라는 것의 속을 헤아리기 어렵기 때문입니다. 도대체 마음이란 것은 어디에 있는지 참 힘이 셉니다. 어렵다고 생각하는 것도 뚝! 딱! 해내게 하는가 하면 그냥 할 수 있는 것도 그 마음 때문에 도무지 할 수가 없기도 합니다. 현대인에게 발생하는 질병의 가장 큰 원인은 스트레스입니다. 하기 싫다는 마음이나 마음에 들지 않는다는 생각이 그런 병을 가져오는 것입니다.

어떤 이는 스트레스로 우울증에 빠지기도 하고 어떤 이는 위장병에 걸리기도 하고, 어떤 이는 스트레스로 살이 찌기도 하고 또 다른 어떤 이는 살이 빠지기도 하니, 그 스트레스라는 것이 미치는 영향은 참으로 큽니다. 스트레스는 누가 나에게 주는 것이라고 생각하지만 곰곰이 생각해 보니, 내 마음 속에서 일어난 반응이니 결국 내가 나에게 준 것인지도 모른다는 생각이 듭니다. 그럼에도 불구하고 우리는 항상 타인을 원망하고 자신의 생각을 바꾸어 보려는 노력은 하지 않습니다. 모든 문제는 여기서 비롯되는 것 같습니다.

그의 생각이, 나와 다른 생각이 존재한다는 것을 인정하고 받아들이는 것이 타인과의 관계를 평화롭게 만드는 것임을 어느 날 문득 알게 되었습니다. 너는 죽었다가 깨어나도 내 마음을 알 수 없다고 어느 드라마의 주인공이 상대에게 외칩니다. 이것은 사실 맞는 말입니다. 죽었다 깨어나도 상대의 마음은 알 수 없습니다. 그가 표현하기 전까지는, 그리고 내가 그 말을 확신할 때까지는.

그러니 상대가 알아차릴 수 있도록 말하고 그가 하는 말은 나와 다를 수 있다고 받아들여 줍시다. 그렇게 하면 내가 얻는 것은 무엇이냐고요? 마음의 평화를 얻게 됩니다. 나 아닌 다른 사람은 나와 같지 않다는 것을 아는 것이 상대를 향한 이해의 첫걸음이고, 내 마음의 평화를 얻는 첩경입니다.

가시나무

하루는 스승이 제자에게 물었습니다.

"가시나무를 보았는가?"

"예, 보았습니다."

"가시나무에는 어떤 나무들이 있던가?"

"탱자나무, 찔레나무, 장미나무, 아카시아 나무 등이 있습니다."

"그럼 가시 달린 나무로 넓이가 한 아름되는 나무를 보았는가?"

"……."

그렇습니다.

생각해 보니 가시가 달린 나무는 모두 한 아름도 안 됩니다.

가시가 없는 나무들이 큰 나무가 되어 집 짓는 데도 쓰일 수 있군요.

가시 있는 나무의 쓰임새는 적습니다.

남을 찌르고 아프게 합니다.

때로는 상처를 내서 피를 흘리게 합니다.

가끔 말로 슬며시 비수보다 더 아프게 찌르는 사람이 있습니다.

손과 발로, 마음으로 타인을 향해 찔렀던 가시,

그 가시를 없애 보면 어떨까요?

가시가 없어야 품을 수 있는 넉넉함이 생깁니다.

가시가 없어야 가까이 다가옵니다.

장미가 아름다운 것이 가시 때문이라고 하지만

한 다발 사와서 화병에 꽂을라치면 찔리고, 찔리면 아프더군요.

들에 핀 야생화와 과실수에 핀 많은 꽃들처럼

가시 없어도 아름다운 꽃도 많지요.

오히려 가시가 있는 것들은 사람을 찌르게 할까 봐

울타리의 역할을 하게 정원 변두리에 배치하게 됩니다.

탱자나무가 울타리처럼 쳐진 시골집 가시는 유용함이 빛을 발하기에

나를 지켜줄 가시는 가지고 있어야겠지요.

그러나 그것을 처음부터 쳐두고 찔러대다 보면

누구도 나의 곁에 가까이 있지 않을 거예요.

비록 가시를 가지고 있을지라도 내 가시에 아파할 사람을 생각하며

가시를 뽑아내고 부드럽고 온화하게 인사를 건네는 하루 보내세요.

당신과 함께여서 행복합니다~ 하고.

솔직함

짜장면 먹을까? 짬뽕 먹을까?
엄마가 좋아? 아빠가 좋아?
간단히 대답하기 어려운 것들이다.
얼마나 어려우면 짬짜면이 나왔을까?

그런데 이런 경우는 어떨까?
제발 솔직하게 말해줘!
정말 솔직하게 말해야 할까?

그럼 이런 경우는 어떨까?
솔직하게 하는 말인데 하면서
나의 마음에 생채기 내는 말을 한다면?

사실 짜장면을 먹으나 짬뽕을 먹으나 중국집 주인은 괜찮다.
그러나 엄마가 좋아하면 아빠는 마음 한편에 서운함이 든다.
어린 아이도 그것을 알기에 둘 다 좋다고 답해서
두 사람 모두에게 웃음을 선사한다.

그러니 솔직하게 말하자면
정말 솔직하게는 말하지 말아야 하는 것이 아닐까.
솔직함을 가장한 상대 비판이나
솔직함을 내세운 상대에 대한 배려 없음은
상대를 힘들게 한다.

"내가 생각할 때 너는 말이야~" 하고 솔직하게
상대를 향해 일격의 한 방을 날렸을 때,
"맞아, 내게 그런 나쁜 면이 있었네. 고쳐야겠어." 하는
경우를 만난 적이 있는가?
자신의 단점은 자신이 가장 잘 알고 있다.
그러기에 누가 그 사실을 이야기하면
무안까지 더해져 관계가 어긋나기 시작하는 것이다.
부부 사이에, 부모 자식 간에도 마찬가지 아닐까?
가까운 사이라고 고쳐준다는 미명 아래 한 솔직한 충고는
잔소리 내지는 듣기 싫은 소리로 치부되어
"몰라~ 몰라~~" 하는 반응만 남긴다.

솔직하게 말하지 말고
듣기 좋게 말하자.
"배짱 있어서 참 좋아!"
"예의를 차려서 말해주면 좋겠네" 하고.
단, 빈정거림은 절대금물. ^^

일요일 아침이에요.

베이커리에서 빵과 커피를 나누는 부부들이 종종 보입니다.

비온 후라 오염된 공기 걱정 하지 않아도 되니

산책도 하고 브런치라도 하고 오시면 어떨까요?

그럼 오늘은 무지 매우 많이 행복하세요.

행복은 – 개미우화

개미 한 마리가 살고 있었다고 합니다.
가지가 시원스레 뻗은 거목 아래
하루하루 열심히 살아가는 개미에게는
포기할 수 없는 소망이 있었대요.
저 높고 높은 나뭇가지 끝에 올라가서
하늘을 우러러보는 일이었습니다.
그곳에서 보는 하늘은
분명 땅에서 보는 것과는 다를 거라고 생각했던 것입니다.
매일 하늘을 동경하며 살던 개미는
어느 날, 가슴 설레는 기막힌 생각을 하고
이내 마음이 급해졌습니다.
나무 꼭대기에서 바라보는 하늘에 대한 생각으로 꽉 차
올라가다 떨어져도 또다시 모든 힘을 다해
나무를 타고 올랐습니다.
드디어 나무 꼭대기에 올라 하늘을 본 순간,
땅에서 보던 하늘과 조금도 다르지 않다는 것을 알게 되었습니다.
놀라운 것은 아래로 땅을 내려다 본 순간,
습하고 칙칙하게만 느껴졌던 땅이

아무렇게나 피어 있는 것처럼 보이던 풀들과 조화를 이루어 있었고,
길뿐 아니라 길 가장자리에 던져진 작은 돌 하나와도
예쁘게 어우러져 있다는 것을 알게 된 것입니다.

개미의 우화를 통해, 아름다운 것은 멀리 있는 것이 아니라는 평범한
진리를 다시 깨닫습니다. 이미 나에게 있는 소중한 것들을 두고 나를 행
복하게 해줄 것을 찾아떠난 것은 아닌가를 생각했습니다. 생텍쥐페리도
'중요한 것은 눈에 보이지 않는다'라고 했습니다. 눈에 보이는 것은 대수
롭지 않고 하찮은 것으로 보일 수 있지만, 소중한 것은 안에 감춰져 있
다는 뜻일 것입니다.

물론 현실에 안주하라는 말은 아닙니다.
내게 있는 소중함을 두고
멀리, 높이 있는 것을 쫓고 있는 것은 아닌지 경계하자는 의미입니다.
개미도 나무를 오르고 또 올랐기에
아름다운 땅의 풍경을 내려보는 황홀경을 체험할 수 있었을 테니까요.

오늘도 나의 내면에 간직된 소중함을 바라보는 것으로 시작해 보세요.
"저는 가끔 손해 보더라도 제가 한 약속을 지키는 제가 대견합니다. 부
디 바라건데 지금까지처럼 살아도 제 삶이 흔들리지 않도록 도와주세요."

그 소중함으로 빛나는 여러분이 되시기를 기원합니다.

칭찬의 기술

수업 중에 갑자기 쥐 한 마리가 나타나 교실 여기저기를 휘젓고 다녔다. 교실은 순식간에 아수라장이 되었다. 놀란 아이들이 고함을 지르고 울기도 하였다. 의자 위에도 올라가는 아이도 있었다.

그러다 갑자기 쥐가 어디론가 숨어버렸고 순간 모든 것이 멈춘 듯 교실 안은 조용해졌다. 그때 선생님은 앞을 못 보는 소년에게 쥐가 어디 있는지 아느냐고 물었다. 그는 잠시 귀를 기울이더니 "저쪽 구석 탁자 밑에 숨어 있어요"라고 대답했고, 결국 쥐를 잡을 수 있었다.

그때 선생님이 그를 칭찬했다. "스티비야! 넌 우리 반의 누구도 갖지 못한 능력을 갖고 있다. 바로 너의 특별한 청력 말이다."

《끌리는 사람은 1%가 다르다》는 책에 나오는 예화입니다. 이 예화에 등장하는 소년이 바로 미국 명예의 전당에 오른 맹인 가수 스티비 원더(Stevie Wonder)입니다. 'I just called to say I love you'를 부를 때의 스티비 원더는 알고 있었지만, 그에게 이런 일화가 있는지는 몰랐습니다. 무려 1억 장이 넘는 앨범판매 기록을 가지고 있는 팝의 거장인 그가 가수가 될 수 있었던 것은 선생님의 한마디 칭찬과 격려 덕분이라고 합니다. 이렇게 칭찬에는 "나는 너를 인정한다. 너는 값진 사람이다. 너는 소중한 사람이다"는 메시지가 담겨 있습니다.

《칭찬은 고래도 춤추게 한다》의 저자 켄 플렌 차드가 이 책을 통해 전달하는 가장 중요한 메시지는 교육심리학에서 자주 언급하는 '피그말리온 효과'라고 할 수 있습니다. '피그말리온 효과'란 그리스·로마 신화에 등장하는 피그말리온이란 조각가가 자신이 만든 아름다운 조각상을 열렬히 사랑했더니 그 조각상이 진짜 여자가 되었다는 이야기에서 유래한 것으로, 주변 사람들이 긍정적 기대를 가질 대 이에 부응하고자 노력하고 실현하는 것을 일컫습니다. 부모가 보여주는 긍정적 기대와 칭찬은 자녀들의 잠재 능력을 실현하는 데 중요한 심리적 원동력이 됩니다.

그러면 긍정적 기대와 칭찬의 실천은 구체적으로 어떻게 해야 할까요?

첫째, 긍정적인 행동에 주목하고 이에 대해 더 많은 관심을 가지는 것입니다. 긍정적 행동을 당연한 것으로 받아들이고 그냥 지나쳐 버리는 경우를 볼 수 있는데, 당연한 것은 이 세상에 아무것도 없습니다. 예를 들면 "지난번에 기획한 문서가 일목요연하고 전달력이 좋았어요" 하고 긍정적인 면에 대해 구체적인 칭찬을 아끼지 말아야 합니다.

둘째, 칭찬을 할 때에는 진실한 마음으로 하는 게 중요합니다. 칭찬을 많이 하면 식상해지는 역효과를 낳을 수 있지만, 진실한 마음, 즐거운 마음에서 나오는 칭찬은 아무리 자주 해도 식상해지지 않습니다. "아이쿠, 참 잘했네, 잘했어. 당신이 하는 게 다 그 모양이지." 가끔 이렇게 빈정거리는 투로 말하는 경우도 있는데 이런 말은 삼가야 합니다.

셋째, 부정적 행동만 강조하여 말하지 말고, 이를 대체할 수 있는 대안 행동으로의 긍정적 전환을 유도합니다. 예를 들어 상습적으로 지각하는 직원을 혼내기보다는 "지각을 하게 되는 이유가 무엇이지? 그 원인을 없애도록 도와주고 싶은데?"라고 제안하는 것입니다. 부정적 행동을 지적만 한다면 부정적 관계만 형성할 뿐입니다.

그러면 칭찬의 기술을 오늘 한번 실천해 볼까요?
"당신이 주는 모닝커피는 세상에서 제일 멋진 향이 나는 것 같아",
"여진아! 네가 공부에 집중하더니 이번에 성적이 많이 올랐구나."
이렇게요.^^

이런 날을 빌어 못다한 표현을 해보세요.
너무나 소중해서 잊고 있었던 그에게
오늘 저와 함께 해주셔서 감사합니다~ 하고요.

화와 연민

옛날 어느 마을에 여우가 살았습니다.
여우는 근처 농부의 집에 몰래 들어가
닭을 물어갔습니다.
농부는 '오죽 배가 고팠으면 그러랴' 생각하고
참기로 했습니다.
이튿날 또 여우가 나타나
이번에는 오리 한 마리를 물어갔습니다.
농부는 한 번 더 참기로 했습니다.

며칠 후 여우가 또 닭을 물어가자
농부는 덫을 놓고 기다려
마침내 여우를 잡았습니다.
농부는 그냥 죽이는 것만으로
분이 풀리지 않아
여우 꼬리에 짚을 묶은 후 불을 붙였습니다.

여우가 괴로움을 견디지 못해
이리저리 뛰어다니는 것을 보며

농부는 기분이 좋아졌습니다.
그러나 여우가 뛰어다닌 곳은
농부가 1년 내내 땀 흘려 농사를 지은
밀밭이었다고 합니다.

이솝우화에 나오는 이야기입니다.
이 우화는 참는 것이 덕을 베푸는 것이고,
이것을 통해 나에게 복이 온다는 것을 일깨웁니다.

그러나 실제로 참는 것은 어렵습니다.
말은 대범하게 해도 마음은 배배 꼬여갑니다.
결국 농부처럼 자신에게 손해가 될 일도 기어코 하고 맙니다.
그런다고 개운해지는 것도 아닌데.

화를 참는 손쉬운 방법 하나 공유합니다.
상대를 향해 연민을 가지는 겁니다.
연민이 안 생기면
너와 나는 비교대상이 아니지 하고 스스로를 높이던가요.
이것을 저는 "내가 큰 그릇이니 널 품어주마"로 표현합니다.
큰 그릇 안에 작은 그릇을 넣어 물을 부으면
큰 그릇은 작은 그릇에서 넘치는 물을 담아낼 수 있지만,
큰 그릇에서 넘친 물은
작은 그릇이 담아낼 수 없기 때문입니다.

그러니 오늘 큰 그릇으로 하루 보내세요.

날씨는 춥지만 토요일이니

평온한 마음으로 휴일 만끽하시고요. ~~♡

약속

새끼손가락 걸고 한 약속도 있고
넷째 손가락에 반지를 끼워주며 한 약속도 있다.
말로 한 약속도 있고
굳이 약속하지 않았지만 지켜가는 약속도 있다.
혼자 하는 약속도 있고
둘이 하는 약속도 있고
여러 사람과 한 약속도 있다.

약속 約束
맺을 約 묶을 束
혼자 한 약속이건
여러 사람과 한 약속이건
무언가 약속한다는 것은 그것에 묶이는 일이다.

그러기에 한 남자와 한 여자가 만나
서로를 사랑하겠다고 약속할 때는,
서로에게 묶이는 것을 기꺼이 받아들일 뿐만 아니라
서로를 구속하는 것을 기쁘게 생각해야 한다.

마음속으로 결심을 하는 경우
그것에 묶여 행동의 제약이 생기더라도,
반드시 하겠다는 마음으로
그래 결심했어! 하고 할 수 있는 것이 약속이다.

그러기에 오늘은 제가 한 약속들을 떠올려보려고 합니다.
가능하면 지키려고 노력했지만 혹시 날린 공수표는 없는지...
토요일이니 한가로운 마음으로 휴식하는 하루 보내세요.

반드시
하겠다는
마음이 있을때
하는것이
약속

내가 있어야 할 곳은

어제 처음 뵌 분이 좋은 사람들과 만나는 것이 중요한 이유를 비유를 들어 설명해 주셨습니다. 하시는 말씀마다 '맞아~~ 맞아~~' 하게 만드는 명언이었습니다.

"길가에 무리지어 핀 민들레는 아름답지만, 잘 가꾸어진 화단에 핀 민들레는 잡초에 불과하다." 이 말을 듣는 순간, 우리나라에서는 잘 볼 수 없지만 미국에 살 때 흔하게 본 광경이 떠올랐어요. 잔디 깎는 광경입니다. 제초기가 지나가면 말끔하게 잔디가 깎기고 군데군데 피어나던 민들레 꽃송이도 잘려 나갔습니다. 초록색 들판에 민들레 핀 모습을 좋아했던 저는 그것이 참 안타까웠는데, 지금 생각하니 잔디밭에 핀 민들레는 잡초가 맞네요. 이처럼 같은 민들레도 어디에 있느냐에 따라 잡초 취급을 받을 수도 있고 야생화로 대접받을 수도 있다는 것을 생각하게 했습니다.

사람을 지위고하에 따라, 빈부에 따라, 외모에 따라 차별하는 것은 옳지 못합니다. 그러나 나에게 부정적인 에너지를 주는 사람이나 함께 함으로써 어려움이 예상되는 사람이라면 경우에 따라서는 선을 긋는 결단도 필요합니다.

'당신이 만나는 사람,
당신이 있는 장소가
당신의 격(格)을 말해 준다'

몇 해 전 광화문 교보의 대형 걸개에 걸린 글귀예요. 이 글귀처럼 내가
만나는 사람과 내가 있는 장소가 나의 격을 드러냅니다.

당신은 누구와 함께 하고 계신가요?
당신은 어느 곳에 있나요?
당신은 무엇을 위해 그 일을 하시나요?

같은 민들레도 피어난 장소에 따라 대접이 달라집니다.
내가 있어야 할 곳은 어디인지 생각해 보는 하루 보내세요.

같은
민들레도
피어난
장소에 따라
대접이
달라집니다

여름

일상의 행복

그냥

오늘 눈을 뜨면서 '그냥'이라는 단어가 떠올랐어요.

'그냥' 좋았고

'그냥' 하고 싶었고

'그냥' 싫었고

'그냥' 있고 싶은.......

오늘은 '그냥' 있고 싶습니다.

'그냥'.......

아무 생각 없이 이대로......

여러분도 오늘은

'그냥' 지내보세요.

바람도, 원망도, 사랑도, 미움도 없이

그냥 그대로 한번 지내봐요.

그럼 '그냥' day~~^^

그냥
좋았어

# 소소함

중국에 이런 속담이 있다고 해요.
"기적은 하늘을 날거나
물 위를 걷는 것이 아니라,
땅에서 걸어 다니는 것이다."
일상의 소소함을 누리는 것이
얼마나 큰 기적인지를 알게 됩니다.

사실은 알고 싶지 않은 일들이
최근 연속적으로 일어나니
소소함의 소중함을 깨닫고 있습니다.

동창회에 다녀온 부인이 엉엉 울기에 남편이 물었습니다.
"왜 누가 밍크 입고 왔더나?"
"아이다."
"그럼 물방울 끼고 왔더나?"
"아이다, 아이다. 내만 남편이 살아 있더라."
이런 우스갯소리가 회자되었지만,
혼자 맞이하는 아침보다는

따뜻한 온기 느끼며 둘이 맞는 아침이 훨씬 행복할 것입니다.

아프거나 다쳐 혼자 머리 감기가 어렵고
어깨에 담이 결려 목 돌리기가 힘들 때면
그동안 얼마나 소소한 행복을 누렸는지 비로소 알게 되지요.
〈있을 때 잘해〉라는 노래가 있는데
아마도 사랑에만 해당되는 말은 아니라는 생각을 해봅니다.
노안이 되니 그동안 안경 쓰고 살지 않았던
지난날이 너무 감사하고
침대 위에서 뒹굴며 만화책 읽던 밤이 그리워집니다.

여러 해 전,
동네 보석가게에 모인 어르신들이
살까 말까 망설이는 저에게 "젊을 때 해!" 했었는데
그때는 말씀의 의미를 몰랐습니다.
점차 목걸이, 귀걸이를 착용하는 데 시간이 걸리고
심지어 짜증도 나고 개폐장치가 큰 것을 찾게 되고 나서야
왜 그 어르신들이 굵은 알 목걸이를 늘어뜨리고 계시면서
제게 "젊으니까 예쁜 거 해!" 한 이유를 알게 되었습니다.

이제는 서서 걷지 못하시고
바퀴 달린 의자를 이용해 이동하시는 어머니를 뵈면,
느끼는 아픔을 애써 감추고

"지난주보다 밀고 가시는 것이 좋아 보이네요" 하면서도
걸을 수 있는 것이 얼마나 감사한 일인지를 깨닫습니다.

누군가에게는 들을 수 있는 것이 간절히 바라는 일이고
누군가에게는 볼 수 있는 것이 간절히 바라는 일일 것입니다.
누군가는 안경 쓰지 않고 살았으면 하고
누군가는 허리가 더 이상 아프지 않았으면 할 것입니다.
나와 함께하는 일상들을 하나하나 떠올려보며
그 일상이 주는 행복에 기쁨을 느끼시기를 바랍니다.

다시 태어난다면

사랑은 스스로 어떤 사람이 되어야 하는지를 보여준다.

– 안톤 체호프

몸이 불편해 휠체어를 타고 다니는 학생이
글짓기 수업시간에
'세상에 다시 태어난다면'이라는 제목으로 쓴 글입니다.

다시 태어난다면,
나는 내 어머니의 어머니로 태어나고 싶다.
그래서 지금까지 받은 고마움을
어머니의 어머니가 되어 보답하고 싶다.
지금의 나는 어머니의 고마움을 보답하며 사는 건 어렵기에,
내 어머니의 어머니로 태어나서 그 무한한 사랑을
조금이나마 갚고 싶다.

이 글을 읽는 순간 돌아가신 어머니가 떠오르며
어머니가 그리워졌습니다.
환한 웃음 지으며 학교에서 돌아오는 나를 반겨주시던 어머니.

친구들을 데려오면 극진히 환대해 주시고
생일이면 음식을 만들어 파티를 열어주시던 어머니.
어머니는 평소 안 좋았던 심장이 더 나빠져 수술을 받으시고
감기에 걸려 응급실에 들어가셨다가
중환자실에서 삶을 마무리하셨는데,
그때까지 고작 해드린 건
돌아가시기 전에 추어탕 한 그릇 사드린 기억밖에 없습니다.

혹시 시간을 되돌릴 수 있다면,
더 자주 어머니를 찾아뵙고
어머니가 아버지 욕하시면 함께 욕해 드리고
목욕탕도 같이 가겠습니다.

그런데 현실은 혼자 되신 아버지를
자주 찾아뵙지는 않으면서
아들녀석의 전화는 내심 기다리고 있습니다.
내리사랑이라고 도저히 부모님께 받은 것을
갚을 수는 없는 것 같아요.

오늘, 부모님이 생존해 계시면 전화 한 통 드리고
부모님이 좋아하시는 음식을 들고 찾아뵈면 어떨까요?
그럼, 오늘은 효도하는 하루~~ ^ ^

하루 10분

내 몸을 아끼는 10분?
어느 아침 방송에서 본 팁인데요,
아마 건강상식 관련 방송이었을 거예요.

하루에 10분만 투자하면
체형을 아름답게 만들고
체중감소에도 효과가 있다기에
귀를 고정하고 보았는데
의외로 간단한 방법이었어요.

샤워 후 바디크림을 바를 때
팔─목─가슴─등─엉덩이─다리 순으로
크림을 듬뿍 발라주는데,
10분 정도만 마사지하듯이
발라주면 된다는 것이었습니다.

그렇게 해서 살도 빠지고
몸매가 예뻐졌다는 분들이

방송에 나왔습니다.

시간도 오래 걸리지 않고
준비물도 간단하기에
샤워 후에 며칠 해보았는데
해보니 간단치 않습니다.

무엇보다 양손에 크림 듬뿍 발라
거의 몇 초 안에 쓱쓱 바르던 습관 때문에
10분이라는 시간 동안 마사지한다는 것이
의외로 쉽지 않았기 때문입니다.

그런데 며칠이 지나니
내 몸을 아낀다는 말이 이해가 되었습니다.
내 몸에게 내가 하는 사랑!
자신을 사랑하는 것이 중요하다고 하면서
자신을 위한 사랑은 아무것도 하지 않았던 것 같습니다.

관심과 사랑이 없으면
타인과의 관계가 소원해지듯이
내 몸에 관심이 없다면
몸도 힘들어지는 것 아닌가 하는 생각이 들었습니다.

내 몸을 아끼는 10분을 할애해보면 어떨까요?

스트레칭을 해서

쓰이지 않아 굳어 가는 근육을 풀어주는 것도 좋습니다.

오늘도

행복 가득하시기를 바랍니다.

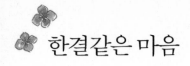

한결같은 마음

나이가 많아 은퇴할 때가 된 한 목수가

어느 날 고용주에게 이제 일을 그만두고

여생을 가족과 보내고 싶다고 말했습니다.

고용주는 말렸지만 목수는 뜻을 꺾지 않았습니다.

고용주는 훌륭한 일꾼을 잃게 되어

무척 유감이라고 말하면서

마지막으로 집을 한 채 더 지어줄 수 있는지 물었습니다.

목수는 "물론입니다" 라고 대답했지만

그의 마음은 이미 일에서 멀어져 있었습니다.

그는 형편없는 일꾼들을 모으고

조잡한 자재를 사용하여 집을 지었습니다.

집이 완성되었을 때

고용주가 목수에게 현관 열쇠를 쥐어주면서 말했습니다.

"이것은 당신의 집입니다.

오랫동안 당신이 저를 위해

일해준 보답입니다."

이 이야기를 듣고 잠시 생각에 빠졌습니다. 왜 진즉에 고용주는 말해

주지 않았을까요? '오랫동안 나와 함께 일을 해주어서 고마웠습니다. 보답으로 집을 하나 드리고 싶으니 잘 지어 주세요.' 했더라면 목수는 열심히 집을 지었고 모두 해피엔딩할 수 있었을 텐데요.

그런데 사실은 살다 보면 우리는 이렇게 시험대에 오를 때가 종종 있습니다. 상대는 보지 않는 것 같지만 나의 일거수일투족을 꿰뚫어보고 있으며 나를 평가하고 있다는 사실을 알고 있습니다. 그러나 타인의 평가를 염두에 둔 행동은 부자연스럽고 자신도 어색합니다. 그러니 자연스럽게 행동에 배어나도록 늘 나의 생각과 행동을 경계하는 것이 필요할지도 모릅니다.

저는 이 글을 읽으며 한 가지 의문이 생겼습니다. 언행일치, 그리고 행동은 쉽게 바뀌지 않는데, 평소 주인의 신뢰를 얻을 만큼 착실해서 집을 선물로 주고 싶었던 목수가 왜 일을 떠난다고 해서 마지막 일을 그토록 엉터리로 했을까요? 아마도 목수가 평소에 했던 것처럼 했다며 당연히 제대로 했을 텐데.

동양철학에서는 마침(終)을 매우 중요시한다고 합니다. 모든 일에는 매듭이 있어야 결과에 대해 평가할 수 있기 때문이겠지요. 특히, 노자의 말에서 의문이 풀렸습니다. "끝 조절을 처음과 같이 하면 실패하는 일이란 결코 없다"고 했습니다. 우리 속담에 "뒷간 들어갈 때와 나올 때 다르다"는 말은 초심과 끝마음이 다름을 경계한 말입니다. "시작이 반"이라는 말도 있지만, "끝은 전부"인 것입니다. 그동안 한 번도 생각하지 않았던 나의 마지막 자리라는 것을 생각해보게 하는 일화라는 생각이 듭니다.

내가 전근 가고 나서 사람들은 나를 향해 어떤 평가를 할까요? 이 세상을 하직한 후 사람들이 나에 대해 무슨 말을 할까요? 우리는 늘 앞으로의 나에 대해 걱정하고 준비했지만 나의 뒷모습에 대하여는 신경 쓰지 않고 살았다는 생각이 문득 듭니다. 그러니 이제부터 처음과 끝이 같도록 노력해야겠다는 생각이 듭니다.

비 오는 수요일엔 빨간 장미를

어제 아침 비가 많이 내렸는데
문득 생각해보니 수요일이었어요.

〈비 오는 수요일엔 빨간 장미를〉이라는
노래처럼 정말 비 오는 수요일에 장미를 받은 사람이 있나
페이스북에 올려보았지요.

반응이 다양했는데,
준 적은 많다, 받은 적 없다, 줬는데 아깝다고 혼났다, 지금 달라 등등
제일 예리한 답은 "무섭다"였어요.
그 답은 아마도 마음 기저에
비 오는 수요일에 장미를 받고 싶다는
제 마음을 읽었기 때문일 거라고 생각해요.
그런데 그 글들에 댓글을 달다가
알게 모르게 편견을 가지고 사는구나 하는 생각을 했어요.
비 오는 수요일에 빨간 장미를~~~ 하면
남자가 여자에게 꽃을 선물하는 것이 당연하다고 생각했지
제가 누군가에게 꽃을 선물한다는 생각은 안 했으니까요.

어린 여자아이를 귀엽게 표현할 때나
혹은 비하해서 표현할 때
계집아이라는 표현을 쓰는데,
여성으로 많은 시간을 살아왔으면서도
늘 여자로 혹은 계집아이처럼 대해주기를 바라는 것은 아닌지
문득 생각했습니다.

딸
계집아이
여자
누군가에게 특히 남자에 의해 보호받아야 할 존재가 아니라,
여성은 남성과 대등하게 하나의 성으로 대우받고
평가받아야 하는 또 다른 성입니다.
역설적으로 누군가의 남자로 여자를 대할 때는
어떻게 해야 할지 남성들도 생각해 보아야겠지요?

이제 여자로 사는 시간보다
여성으로 사는 시간이 많습니다.
비 오는 수요일에 혹시 모임이 있다면
빨간 장미를 들고 가서 선물해 보겠습니다.

그래도 누군가 빨간 장미를 들고 빗속을 걸어와 준다면 하는
쓸데없는 상상을 하는 아이러니를 아직 가지고 있습니다. ^^

이런 걸 좋게 표현하면 아직도 로맨틱하다고 하나요?

Anyway ~~

누군가를 기쁘게 하기 위한 일을 한 가지 하는 하루 보내세요.

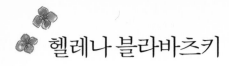

헬레나 블라바츠키

우크라이나의 헬레나 블라바츠키라는 사상가가
이렇게 말했다고 합니다.

"현재 힘든 것에 대해 겁내지 마세요.
현재 상황과 다른 상황이 되면
더 잘할 수 있을 거라는 희망을 버리세요.
현재의 역경을 잘 이용한다면
또 다른 멋진 기회를 가질 발판이 될 것입니다."

누구에게나 힘든 일이 있습니다.
힘든 순간,
'이랬다면 좋았을 텐데'
'이런다면 좋아질 텐데' 하고 싶어질 거예요.
저도 그렇습니다.
'이렇지 않았다면'
'이것만 아니라면' 좋았을 텐데 생각하고 싶지만
가끔 저희가 하는 말로, 그래서는 답이 없더군요.
'이렇게 해야지'보다

'아~~그랬구나!' 했을 때

답이 구해지고 길이 보이고 했던 것 같습니다.

오늘 내게 온 역경은

멋진 성장의 발판.

나만 포기하지 않는다면 내 삶에 포기할 일은 없습니다.

포기하지 말고, 파이팅!!!

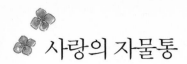

사랑의 자물통

남산 케이블카에서 내리면
봉수대 이르기 전에,
영원한 사랑을 기약하며
잠근 자물쇠들이
크리스마스트리의 오너먼트처럼
철책에도 빼곡하게 매달려 있다.
그렇게 영원한 사랑을 바랐던 사랑들은
어떻게 되었을까?

그런 노래가 있지.
'영원한 건 절대 없어
결국엔 넌 변해 버렸지'
GD의 〈삐딱하게〉라는 곡이다.
나도 삐딱하게 이야기하면
변한 너를 탓하지 말고
그 순간에 머무른
내가 잘못이라고 생각해야 하지 않을까?
지금이라고 부르는 순간도

내가 지금이라고 말하는 순간
과거가 되어 버리는데.

순간의 추억을 사진에 담아
가끔 좋은 시간을 떠올리며 행복해하듯
자물쇠를 함께 달던 순간의
애틋한 아름다움을 오래 기억하기를
더불어 앞으로 나아가는 만큼
사랑의 크기도 키워가기를.

사랑에 관한 한 풀리지 않는 수수께끼 하나는
사랑하면 할수록
주는 기쁨보다 받는 즐거움을 기대한다는 사실이다.
그러나 Give and take이지
Take and give는 아니지 않은가?

사랑하는 이여~~
자물쇠에 사랑을 담아
영원히 사랑하고 싶었던 이들이여~~
그 소중했던 순간을 기억하며
함께하는 시간이 늘어가는 만큼의 크기로
사랑을 키워가는 하루이기를~~

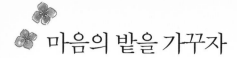

마음의 밭을 가꾸자

'감사하는 마음의 밭에는 실망의 씨가 자랄 수 없다.'

며칠 전, 제 사무실이 있는 건물 1층 반찬가게 앞에 화분이 있었는데, 평소 보던 꽃인데도 유난히 예뻐 보여 한참 들여다보았더니 반찬가게 아주머니가 나와 자랑을 하십니다. 원래 옆 화분에 심었던 꽃인데, 씨를 퍼뜨렸는지 이 화분에 옮겨와 피었는데 원래 화분에 있던 꽃보다 훨씬 꽃이 튼실하고 곱다고.

문득 미국으로 이사 갔을 때 생각이 났습니다. 귀국하는 회사 전임자 집에서 받아온 들깨 네 포기를 집앞 작은 화단에 심어, 고기 먹을 때마다 따먹고 깻잎 피클도 만들어 먹었습니다. 무척 흡족해 하면서요. 그런데 이듬해 봄에 옆집 화단에까지 번져 옆집 미국인이 고개를 흔들기에 미안했던 기억이 떠올랐습니다.

아주 자그마하게라도 농사를 지어 본 사람은 압니다. 밭을 관리한다는 것이 얼마나 잔손이 많이 가는지. 이랑은 북돋아 주어고 고랑은 깊게 파서 배수에 지장이 없도록 해야 하고, 해마다 농사를 시작하기 전에 거름을 주어 땅의 기운을 채워주어야 하고, 수시로 풀을 뽑아주어야 합니다. 도시에 사는 사람들의 로망이 작은 텃밭을 가지는 것이지만, 막상 작은 평수의 주말농장이라도 하게 되면 많은 시간과 노력을 들여야 제대로 된 수확을 할 수 있습니다.

저도 예전에 아파트 일층에 살며 베란다 아래 작은 텃밭을 일군 적이 있는데, 손 가는 일이 정말 많았습니다. 오이는 제때 물을 줘야 말라 비틀어지거나 쓴 맛이 나지 않고, 비가 오면 상추 잎이 두꺼워져 맛있어지지만 비 그치고 나면 우후죽순 돋아나는 잡초를 제거하느라 고생을 해야 하지요. 유난히 물것을 타는 제가 모기에 물려 가면서 잡초를 뽑은 기억도 있습니다. 손바닥만한 밭이었지만 밥상에 제가 기른 채소가 올라간다는 뿌듯함은 있었지만, 그후 다시는 농사 짓을 생각은 하지 않았습니다.

이렇게 작은 텃밭도 많은 보살핌을 필요로 하는데, 정작 생각의 터전인 마음 밭은 잘 보살피지를 않는 것 같습니다. 우선 좋은 생각들이 자라도록 마음의 밭을 만들어야 하고, 나를 힘들게 하는 나쁜 생각이나 걱정, 근심이나 불신 같은 것들은 자리 잡지 못하도록 스스로를 경계해야 되겠지요.

그런데 어렵다구요?

그럴 때는 감사를 통해 실망이나 부정의 씨앗이 자랄 수 없도록 하는 것이 좋겠지요. 오늘 여러분의 마음 밭에 감사의 씨앗을 뿌려 보세요. 뿌린 만큼 다 발아하고 성장하는 것은 아니지만 싹이 트고 뿌리를 내리면 아름답고 고운 모습으로 자리할 테니까요. 그래서 해마다 피어나는 꽃처럼 나의 삶을 아름답게 해줄 거예요.

오늘도 즐거운 마음으로 출근하세요.

그리고 마음의 밭도 돌아보는 하루 되세요.

가끔 아주 못마땅한 사람을 만나면,

"저 사람의 마음 밭이 저것밖에 안 되는데, 내가 참자!" 하시구요. ^^

목련꽃차

아!
이런……
잠시 눕는다는 것이 그만.
새벽에 일어나 샤워하고
웅크린 채로 잠 들고 만 고달픈 몸을 위해
며칠 전 행사에서 선물받은 목련꽃차를 우렸습니다.

차를 마시니 목련꽃 향이 마음을 기쁘게 하고
따뜻한 차가 몸을 순환시켜 머리까지
따뜻한 기운이 전해집니다.

국화차에서는 국화 향기가
목련꽃차에서는 목련꽃 향기가 납니다.
녹차는 녹색을 띠고
오미자차는 붉은색을 띱니다.

인삼차에서는 인삼의 쌉싸름한 맛이 우러나고
대추차에서는 대추의 깊은 단맛이 우러납니다.

사진만 봐도 부자지간임을 알 수 있고
처음 보는 친구의 딸에게서 얼핏 친구의 모습을 봅니다.

새벽에 마신 향기로운 목련꽃차는
제게 세상을 어떻게 살아야 하는지 알려줍니다.

하지 않은 것이 이루어지기를 바라지 마라.
조금 노력하고 많이 생기기를 바라지 마라.

모두 꽃차를 좋아하지는 않습니다.
모두 빛 고운 차를 좋아하지도 않습니다.
매일 단맛이 좋은 것도 아니고
매일 쌉싸래한 맛이 좋은 것도 아닙니다.

내가 선택하여 마시는 날도 있지만
누군가에 의해 마시게 되는 날도 있으니
결과가 꼭 나에게서 비롯되는 것도 아닙니다.

그럼에도 나는 그것을 거절할 수도 있었고
싫으면 안 마시고 남길 수도 있었으니
결국 내 선택이 최종 원인으로 남게 됩니다.

'뿌린 것은 곡식의 씨앗만이 아니다'라고

언어의 중요성을 이야기하는 구절이 있었는데
내가 뿌린 많은 것들이 열매 맺을 60대 이후를 생각하니
좋은 것을 뿌려야겠다는 생각이 드는 아침입니다.

그럼 좋은 것을 뿌리는 하루 보내세요.

YOLO

친구 아버님이 돌아가셨다는 부고를 받고 영안실에 다녀왔습니다. 장례식장 입구의 대형 국화화분이 조문객을 맞고 있습니다. 많은 사람이 수시로 드나들며 분주히 상갓집을 향해 발걸음을 옮깁니다. 이런 곳을 가면 잊고 살던 생각 하나가 떠오릅니다.

다 알면서도 잊고 사는...
그러다 문득 그래 맞아~ 하는 사실 중에 하나가
한 번만 사는 인생이라는 것입니다.
YOLO
You live only once.
맞습니다. 한 번만 사는 거지요.

사실은 모릅니다.
전생의 수많은 업이
오늘의 나로 이끌어 주었다고 생각 드는 때가 있습니다.
오늘 지은 업이 현생의 나를
후생의 나에게 데려다줄 거라고 생각되기에
다음 생의 나에게 미안하지 않도록

살아야겠다는 생각을 한 적이 있으니
한 번만 사는 인생은 아닐지도 모릅니다.

차라리 한 번만 사는 삶이 편할지도 모릅니다.
죽음 이후에 무로 돌아간다고 생각하면
천당이나 극락에 가려고 그토록 애쓰지 않을 것입니다.

그래도 여전히 남는 사실 하나,
이 생은 한 번뿐이라는 거입니다.
이번 생의 성적표를 누군가 준다면
어떤 성적을 받을 수 있을까요?
"참으로 아름답고 귀한 삶이었다"라고
누군가 말해 준다면 좋겠습니다.

아니, 그것도 중요하지 않습니다.
내 삶인데 타인의 평가를 의식하며 살지 말고
한 번 사는 인생 행복하게 살아 보기로 합니다.

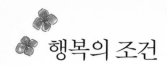# 행복의 조건

굿모닝!
월요일 아침입니다.
누군가가 이런 글을 보내왔어요.

게으른 사람에겐 돈이 따르지 않고
변명하는 사람에겐 발전이 따르지 않으며,
거짓말하는 사람에겐 희망이 따르지 않고
간사한 사람에겐 친구가 따르지 않는다.
자기만 생각하는 사람에겐 사랑이 따르지 않고
비교하는 사람에겐 만족이 따르지 않는다.

이 글에서 사람들이 원하는 것을 생각해 봅니다.
돈, 발전, 희망, 친구, 사랑, 만족 등
아마도 사람들이 말하는 행복의 조건이겠지요.
이런 것들이 있으면 행복하다고 말할 수 있을 거예요.
그런데 이런 것들은 있다 하여도 행복을 모르는 것 같고
얼마나 있어야 만족하는지도 모르는 것 같습니다.

그래서 오늘 우리는 현재 있는 것에 대해
만족하고 감사하며 행복해지기로 해요.

눈을 뜨고 새 아침을 맞은 것
월요일이라 몸이 무겁지만 일하러 갈 수 있다는 것
거리를 지나며 봄의 변화를 느끼는 감성이 있다는 것
이렇게 서로 아침인사를 할 좋은 사람들과 함께한다는 것
모닝커피에 마음도 몸도 기쁨을 느낀다는 것...
이렇게 쓰기 시작하니 감사할 일이 많아
부자가 된 듯하고 기쁨이 생기고 행복해집니다.

오늘도 각자의 자리에서 함께함을 감사하기로 해요.

힘들면

어제 좋은 동기부여가 되는 영상이라기에 보았는데
정말 동기부여가 되었어요.
마음에 와 닿은 한 문장이 있었습니다.
"왜 당신은 힘들면 안 된다고 생각하나요?"
아! 그렇습니다.
왜 나는 원하는 대로 모든 것이 이루어질 것이라고 생각했을까요?
왜 내게는 늘 행운이 따라와서 잘 풀려야 한다고 생각했을까요?

가만히 생각해보니 모두 힘이 듭니다.
또 모두가 힘이 드는 것은 아닌 경우도 있습니다.
이 연휴에도 납기일 걱정에 힘겨운 경영주가 있는가 하면
연휴라서 신나는 근로자도 있습니다.
이겨서 기쁜 승자가 있는가 하면
아쉽게도 등위에 들지 못해 눈물 삼키는 패자도 있습니다.

토스카니니는 심한 근시여서 연주할 때 악보조차 볼 수 없었고
도스토옙스키와 모파상은 간질 환자였다고 합니다.
이런 거장들도 삶이 평탄하지만은 않았으며

인내로 극복하여 현재도 귀감이 되고 있습니다.
만약에 근시를 탓하거나 질병 때문에 포기했다면
그토록 아름다운 연주나 훌륭한 작품을 남기지 못했을 거예요.

이렇게 생각하면 어떨까요?
경영자는
'이렇게 회사를 이끌어 가도록 함께 해주는 직원들이
연휴를 즐겁게 보내도록 도울 일은 없을까?'
직원들은
'이렇게 길게 쉬면 생산 일정에 차질이 있을 테니
쉬고 나면 열심히 일해야겠어.'
서로의 입장을 이해하고
상대방을 배려한다면 만사형통이겠지요.

아름다운 새소리가 아침을 조용히 흔들어 깨웁니다.
모두 주어진 하루에 감사하고
"나만 힘든 건 아니야" 하며 스스로를 위로해 보세요.
일상에서 한걸음 물러나 휴식하는 하루 보내세요.

입장

이런 노래 있지요.
"내게 그런 핑계 대지 마.
입장 바꿔 생각해 봐.
니가 나라면 그럴 수 있니?"

어느 트럭 운전사가 길거리에 차를 주차시켜 놓고
이런 글을 써 놓았다고 합니다.
"저는 20분 동안 이 동네를 뱅뱅 돌았습니다.
여기에 주차하지 않으면 약속 시간을 지킬 수 없고,
또 직장을 잃을 수밖에 없습니다.
이곳에 주차를 하는 건 불법이지만 주차하겠습니다.
너그러이 생각해 주시기 바랍니다."
트럭 운전사가 일을 마치고 나와 보니
주차 딱지가 붙어 있고 이런 글이 남겨져 있었다고 합니다.
"저도 20년 동안이나 이 거리를 뱅뱅 돌았습니다.
만일 제가 주차 위반 티켓을 떼지 않는다면
저도 직장을 잃습니다.
저로 하여금 시험에 들게 하지 마세요."

이 이야기를 듣고 보니 입장이란 것이 더 어렵네요.
항상 좋은 면이 있으면 나쁜 면이 있고
이익이 남으면 손해가 나는 사람이 있기에
남의 입장을 헤아린다는 것이 쉽지 않습니다.

우리가 익히 알고 있는 이런 이야기는 어떤가요?
두 아들을 둔 어머니가 있었는데,
큰아들은 우산 장사를 하고 작은아들은 짚신 장사를 했습니다.
어머니는 비가 오면 짚신을 못 파는 작은아들이 걱정이고
날이 좋으면 우산을 못 파는 큰아들을 걱정이었지요.
그래서 어머니에게는 항상 근심걱정이 끊이지 않았습니다.
그런 어머니에게 한 지혜로운 사람이
"비가 오면 큰아들이 우산을 팔아서 좋고,
날이 좋으면 작은아들이 짚신을 팔아서 좋지 않느냐"고
말해주었습니다.
그 말에 큰 깨달음을 얻은 어머니는
그 이후로는 비가 오든 날이 맑든 항상 기뻐했다고 합니다.

그렇습니다.
항상 이런 입장 저런 입장이 있습니다.
어떤 입장이든 좋게 생각하면
항상 내게는 좋은 일이 있는 것과 같은 효과를 냅니다.

오늘 저는 학생 입장입니다.
학생 입장에서 쉬운 시험 문제가 나오고
후하게 채점해 주실 것을 바랍니다.
부디 외운 것은 다 쓰고
기억나지 않은 것은 없었으면 합니다. ^^

꽃

어쩌나? 또 꽃이 시들기 시작한다.

앞에 있는 옷가게 아주머니에게 하나 분양해 드리고,

사무실 입구 담벼락에 줄지어 내다 두었다.

그럼에도 의왕시의 백운호수를 지나며

화원 입구에 놓여 있는 활짝 핀 꽃들을 지나치지 못하고

차를 세우고 들어가니 또 사고 싶은 것이 눈에 뜨인다.

수국, 꽃봉오리 맺힌 치자나무,

계단 입구에 걸 수 있는 꽃과 바구니에 담을 꽃으로 분류해 본다.

이름 모르거나 기억 안 나면 내겐 그냥 꽃인데

어제 들렀던 화원 주인아저씨는 유럽에서 공부하고 오신 분이라며

꽃의 조합을 시범삼아 보여주셨다.

핑크 색만 고르는 내게

좋아하는 것과 실제의 조합은 다름을 알려주셨다.

"이상해요. 화분이 제게만 오면 다 죽어요.

그러니 튼튼한 아이로 주세요." 했더니

통상 그런 사람들이 꽃이 놓일 자리는 생각하지 않고

마음에 드는 것으로만 가져가서 그렇다고 하셨다.

"이 아이는 통풍을 잘 시켜주어야 하고,

이 아이는 햇볕에 놓아야 하고,

이 아이는 매일 물을 주어야 하고,

이 아이는 물을 자주 주면 절대로 안됩니다."

"제 사무실은 창을 다 막아서 해가 안 들고요,

자주 안 가서 환기하기 어려운데요.

밖에 있는 것들도 물 주기 어렵고요."

답은 너무도 간단했다.

"그럼 가져가지 마세요."

"……."

단호한 말에 할말을 잃었지만

다시 청했다.

"그럼 가끔 가서 환기시키고

물도 주고 할 테니 추천해 주세요."

이렇게 해서 추천받은 꽃을 들고 나오다가,

한켠의 수국, 입구에 있던 치자 꽃이 탐나서

"쟤네들도 주세요" 해서 들고 왔다.

자주 와서 물 주고, 환기도 자주 시켜줘야지~

이렇게 다짐하며.

어머니는 아이비를 거실 천정을 몇 바퀴를 돌릴 만큼 키우셨고

3단 화분대에 있던 난 화분들 꽃을 피워가며 키우셨는데

"엄마는 어떻게 이렇게 잘 키워?" 하고 묻자

물을 줄 때 말을 건넨다고 하셨다. '잘 자라라' 하고.

세상에 공짜 없다더니
지금도 물 주기 바빠서 후루룩 주고 왔는데.

꽃도 나무도 사람도
사랑을 먹고 자라는 것이 아닌가.
이곳저곳에 배치한 꽃은 나를 기쁘게 하는데
이번에는 가르쳐주신 대로 물도 꽃에 맞게 주고
통풍도 시키고 햇볕도 쬐게 하고
암튼 잘 키워야겠다.

청명한 토요일 아침!
이 기분 그대로 하루 잘 보내세요.

보살피다

평소 별 생각없이 쓰던 '보살피다'라는 말을
다시금 생각하게 되었습니다.
저는 그 단어를 예를 들면
'어린아이들을 보살피다'에서처럼
무언가를 상대를 위해 해주는 것이라 생각했습니다.

영어로 'Care' 한다고 할 때도 제 마음 속에 떠오르는
이미지는 누군가를 도와준다는 의미에 가까웠습니다. .

그런데 단어의 조합을 가만히 살펴보니
'보다'와 '살피다'가 합해진 단어라는 생각을 하게 되었습니다.
보고 살펴준다.
즉, 내 기준이 아닌 상대의 입장에서
보고 살펴야 한다는 의미입니다.

작은 화분에 물을 주면 금세 넘쳐 흐르고
자주 물을 주어야 생기 있습니다.
커다란 나무 화분은 물을 자주 주지 말고

대신 줄 때는 흠뻑 주어야 합니다.
이렇게 제각각 그릇의 크기에 따라 보살핌이 달라야 합니다.

오늘 상대를 잘 보고 살펴서
그 사람에게 맞는, 그 사람이 필요로 하는 것을
해주면 어떨까요?
포용도 내 틀 안에 그 사람을 가두는 것이 아니라
그 사람의 다름을 내 안에 인정하는 것이라면
보고 살피는 것은 타인을 대하는 좋은 방법일 테니까요.

그럼 오늘도 행복하게~~ ^~*

보살피다

내 기준이 아닌
상대의 입장에서
보고 살펴야
한다

대가

사실 대가(代價)를 바라지 않는다는 것이 가능할까요?
부모는 정말 아무것도 바라지 않고 자녀를 양육하는 것일까요?
봉사활동을 하는 사람도 바라는 것 없이 그 어려운 일을 하는 걸까요?
사랑하는 사람에게 정말 아무것도 바라지 않고 사랑하는 걸까요?

부모는 자녀가 잘되기를 바라고,
봉사활동을 하는 이는 보람과 만족을 바랍니다.
사랑하는 사람에게는 바라는 것이 더 큽니다.
나만 사랑해 주었으면 하는 이기적인 바람이 숨어 있습니다.

대가를 바라지 않았다면
공부를 좀 못해도 마음이 예쁜 내 아이를 보듬어줄 수 있을 것이고,
누가 알아주지 않아도 지속적인 봉사활동을 할 수 있을 것이고,
나만 바라봐 주었으면 하는 이기적인 사랑은
상대를 살펴주는 성숙된 사랑으로 바뀔 수 있을 것이에요.

그러니 어떤 일을 하거나 사람을 만날 때
정말 아무것도 바라지 않기로 해요.

바라는 것이 있는 사람은 무리를 해서라도 일을 잘하고
그런 만큼 대가에 대한 기대는 커지기 때문입니다.

왜 이렇게 서론이 길었냐면,
지난 주 갔던 여주 교도소 분노조절 강의에서
강의 마치고 받은 소감에 기뻐하는 저를 보자니
이런 걸 기대했던 게 아닐까 생각하게 되었기 때문입니다.

일희일비하지 말고
이런 것도 기다리지 말고
최선을 다하기♡

그럼, 펼쳐지는 하루
행복하게 시작~ ♡

터널

〈터널〉이라는 영화를 본 이후
터널을 지날 때 몇 번째 기둥을 지났는지 헤아려본 적도 있지만,
새로운 도로가 생기고 그 도로를 달리다 보면
높은 산을 관통하는 터널을 건설한 기술에 그저 감탄만 나온다.

특히 이 산과 저 산의 허리 부분을 이어주는
교각은 놀라울 따름이다.
높은 산으로 막혀 이리저리 구불구불 달리던 길이
그렇게 직선으로 연결되니 시간이 단축될 수밖에 없다.
예전에 하루 걸려 갔다가 숙박하고 돌아와야 했던 곳이라면
이제는 아침에 가서 점심 먹고 돌아오는 것이 가능해진 것이다.

물론 예전의 구불구불하던 길이 주는 긴장감과 정감도 좋다.
차창을 스치는 숲의 풍경은 사계절의 변화를 가까이서 알게 하고
높은 하늘과 스치는 바람은 여행을 떠난 마음을
더욱 설레게 해서 좋다.

그렇게 느릿느릿 살던 때는

사랑도 그렇게 느릿느릿 조심조심 다가오고 다가갔는데
터널을 뚫고 다리로 연결한 도로처럼
요즘 사랑은 빠르고 강하게 왔다 간다.

처음부터 아파트에 살던 젊은이는
여러 사람이 한 집에 모여
마당에 놓인 수도를 함께 사용하던 기억이 없기에,
그래도 그 시절엔 수돗가에도 정이 있었다는 것을
이해할 수 없을 것이다.
이토록 빠르게 움직이는 시간을 살고 있는 이들에게
예전의 아련한 그리움을 이야기해도
뭐 꼭 그렇게 해야 하냐고 반문할 것이다.

그러니 젊은이들에게 그땐 그랬지 하며
그런 삶에 동승하기를 강요하지 말자.
그래도 가끔 그 날들이 그리울 때는
함께 시간을 공유한 이들에게 전화라도 걸자.
그것도 어려우면 혼자 추억여행이라도 떠나자.

오늘같이 흐린 날,
갈 곳 없고 움직일 교통수단이 귀했던 그 시절 우리는
라디오에서 흘러나오는 음악에 귀를 기울이며
책을 읽었다.

그러다 정 견디기 힘들면 우산 하나 챙겨들고
삼청공원을 가서 산책을 하다
그 앞에 있던 찻집에 갔던 기억이 떠오른다.
마음에 돋아오르는 흐릿한 기억을 따라
집에서 예전 음악이라도 듣고
커피라도 한 잔 마셔야겠다.

때

이제는 수줍은 봄꽃은 사라지고
흐드러지게 피어 있거나
지천으로 피어 있는 들꽃 무리가
우리의 마음을 설레게 한다.

꽃봉오리 피어나는 것도
인간의 산고만큼이나 커다란 고통을
수반해야 하는 것이라고 누군가 말했다.
꽃은 때가 되면 피어나는 것이라고 생각했던 내겐
놀라운 말이었다.
누군가 멀리서 인간을 바라보며
때가 되면 아이를 낳는 거야 했다면
그 엄청난 산고를 떠올리며 분개했겠지?

제법 큰 화분에 꽃이 가득 핀 게발선인장을 사오며 기뻐했는데
물을 주자마자 꽃이 떨어지기 시작하더니
망울 맺혔던 꽃봉오리까지 떨어졌다.
나는 꽃을 보지 못한 것만 서운해 했는데

지금 생각하니 얼마나 꽃에게는 몹쓸 짓을 한 것인지.
일년에 한 번 그 꽃을 피우기 위해 안간힘을 썼을 텐데.

우리네 삶에서도 그러한 경우가 비일비재할 것이다.
자사의 이익을 위해 소비자의 건강 따위는
눈감아 버리는 기업들.
당의 이익을 위해서는 국민의 바람 따위는
저버렸던 많은 정치인들.
그들이 나빠서가 아니라
저마다의 바람으로 열심히 살아온 사람들이
느끼는 절망을 그들은 모를 수도 있었겠구나.

나도 무심히
정말 아무 생각 없이
다른 사람이 열심히 노력해 꽃 피우려는 것을
꽃봉오리를 똑 따버리는 것과 같은
만행을 저지를 때가 있지 않나 되돌아보아야겠다.

누군가 열심히 노력하고 있는데
그게 잘 될 리가 없어 한다든가,
그렇게 해서 되겠어? 한다든가,
심지어 잘되면 내가 손에 장을 지진다 한다든...
아마도 그런 행동에 해당되지 않을까?

이제는 꽃을 보는 마음을 달리 해야겠다.

저절로 피어난 아름다운 꽃이 아니라

최선을 다해서 피운 아름다운 꽃이라고.

교도소 강의

교도소에 강의를 다닌 지 벌써 3년이 넘어 간다. 창원교도소에서 상담 요청을 받고 걱정 가득하게 KTX를 타고 가던 날이 떠오른다.

무슨 말을 어떻게 하지? 교도소 정문에서 상담하러 왔다고 하자 영화에서 보던 철문을 열어주었다. 신분증을 맡기고 출입증으로 교환하자 상담장소로 교도관이 안내해주었다. 굳게 닫힌 철문을 들어가 교도관이 지켜보는 가운데 했던 첫 상담으로, 재소자에 대해 내가 가진 편견은 많이 없어졌다. 그 분은 외모도 글씨도 반듯하였으며, 사용하는 어휘 수준도 높았다. 조용조용 자신에 관한 이야기를 서서히 나누었는데, 한 순간 참지 못해 자신의 인생이 엇갈린 것에 대한 회한이 컸다. 특히 태어난 지 한 달된 후 헤어진 아들에 대해 이야기할 때는 보통의 아버지들처럼 사랑을 숨기지 않았으며, 출소 후 아들에게 누가 되지 않을까 걱정하는 모습은 나마저도 안타까운 마음이 들게 했다. 교도소에서 예정된 상담 횟수를 채우고, 인연이 되어 분노조절 강의를 시작하게 되었다.

그동안 나름대로는 카리스마 넘치는 수업을 한다고 자부했고 학생들에게도 인정받았지만, 처음 재소자들을 대상으로 분노조절 강의를 하던 날은 내심 떨렸다. 혹시 일어날지 모를 사태에 대비해야 한다는 두려움도 있었고, 과연 내가 할 수 있을까 하는 의문도 들었기 때문이다. 그러나 내가 믿는 것은 진심으로 말을 전하면 통하리라는 것이었다. 그런 믿음이 있었음에도 "왜 우리에게는 분노조절 강의를 해야 한다고 생각하느냐?"는 질문에 적잖이 당황했다. "겨울이 되면 예방차원에서 독감주사 맞는 것과 같다고 생각하면 안 될까요?"라고 해서 넘어가기는 했지만 어려운 관문이었다. 그 관문을 거쳐 대구교도소에서도 강의를 하게 되었고, 강의가 계속되자 제법 여유를 가지게 되었다. 창원까지 오가는 기차비에도 턱없이 부족한 강사료이지만, 함께하는 이들과 떡을 맞추고 차도 준비해 강의를 하기에 사정을 아는 분들에게 "도대체 왜 그렇게까지 하느냐"는 이야기도 들었다. 하지만 이제 강의 내용도 삶의 이야기를 나누는 것으로 바뀌었고, 간간히 수강생들 사이를 다니며 강의할 정도로 여유를 가지게 되었다.

제일하기 좋은 강의는 자발적으로 교육비를 내고 온 사람들을 대상으로 할 때이다. 그들은 들을 준비가 되어 있고 그만큼 호응을 해주기 때문에 강의하기 쉽다. 그러나 무료이거나 특히 강제로 교육받으러 온 사람들을 대상으로 하는 강의는 처음이 힘겹다. 강의 들으러 온 것 자체가 불편한 상황이고, 앉아 있는 것 자체가 힘겹기 때문이다. 그러니 그들을 강의로 몰입하게 하는 것은 쉽지는 않다. 나를 소개하고 서로 인사를 나누는 활동을 하는 동안 처음 내게 보내던 무의미한 눈빛이 바꾸고 반짝이기 시작할 때 그들에게 전하고 싶은 간결한 메시지를 전한다.

"자신의 이름을 소중히 여기자.
자신이 자신을 함부로 대하면서
어떻게 남들이 자신을 존중해 주기 바라겠는가.
앞으로 살아갈 긴 인생을 생각하고

이곳에서의 삶을 내게 유익한 시간으로 받아들이자."

내 말에 고개를 끄덕여주고 생각하는 눈빛이 되면 내가 그 먼 길을 다니는 이유가 비로소 의미를 가지게 되는 것이다.

대학교 다닐 때 오류동에서 야학을 했는데 무자격자가 가르친다는 사실에 학생들에게 미안했다. 그래서 교사자격증을 받으면 꼭 다시 야학에서 가르쳐야지 했는데, 교사가 되자 가정과 일을 병행하느라 나와의 약속을 지키지 못했다.

조금은 다른 곳이지만 교육이 더욱 절실한 곳에서 나와의 약속을 지키고 있다. 그런 나에게 오늘은 칭찬해 주고 싶다. 그리고 스스로 한 약속들을 잊지 말자고 다짐도 해본다. 살다보니 현실적이라는 이유로 쉽게 약속을 저버리는 사람을 보게 된다. 누구에겐들 현실이 없겠는가? 현실이 목을 울릴 때는 나도 아프다. 그래서 가끔 정신을 모아야 한다. 네가 이 일을 왜 하려고 했지? 네가 무슨 일을 하려고 했지? 그 다짐들을 잊지 않으면 어제처럼 유난히 반응 없던 수강생들이 말 대신 눈빛과 호흡으로 반응해 주는 기쁨을 안고 돌아올 수 있을 것이다.

오늘도 하루가 시작되었다.
누구에게나 공평하게 주어진 24시간도
어떻게 보내느냐에 따라 많은 차이가 있다.

오늘이라는 하루는 행복만 가득하게 채우시기를 바라며. ^^

소중한 세 가지

요즘이야 현금보다 신용카드를 많이 쓰지만
무엇인가 필요한 것을 구입하려면 돈을 써야 합니다.
성분과 모양은 조금 다르지만
화폐라는 것은 종이에 가치를 부여해 사용하는 것입니다.

천원, 오천원, 만원, 오만원 등 인식하기 좋게 나뉘어져 있지만
가만히 들여다보면 천원짜리 지폐와 오만원권 지폐가
커다란 차이가 있어 보이지는 않습니다.
그럼에도 사용할 때의 가치는 차이가 많이 납니다.
그러기에 천원이 지갑에 두둑한 것보다는
오만원이 두둑할 때 마음 든든해 하는 것이겠지요.

루비, 다이아몬드, 사파이어처럼 이름만 들어도
반짝임이 연상되는 보석들이 있지만
사랑하는 사람, 좋아하는 음악, 아끼는 인형처럼
내가 가치를 부여한 소중한 것들이 있습니다.

일정한 가치를 가지는 화폐와 달리

미술작품처럼 측정 불가한 가치도 있지요.

우리가 가끔 되뇌는

'내가 그의 이름을 불러주었을 때

그는 비로서 내게 와서 하나의 꽃이 되었다' 라는 시구처럼

우리가 의미를 부여해서 소중한 그 무엇이 된 것이지요.

내게 정말 소중한 것 세 가지를 생각해 보고 가치를 부여해 볼까요?

오늘 밤이 마지막 날이라면 보고 싶은 사람은?

오늘 밤이 마지막 날이라면 하고 싶은 것은?

오늘 밤이 마지막 날이라면 가보고 싶은 곳은?

일요일 아침인데 조금 심각했나요?

요즘 그런 생각이 들어서요.

소중한 것을 지키려는 노력을 하지 않을 뿐 아니라

너무 쉽게 버리는 세태인 것 같아서요.

마음에 품고 갈 소중함.

그것을 아끼면서 살아가면 좋겠습니다.

그럼 오늘도 굿데이~ ^^

마음에 품고갈
소중함

그것을 아끼면서
살아가면
좋겠습니다

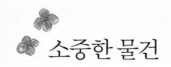

소중한 물건

친정집에 가면 오래된 주목 뿌리를 식탁으로 사용하고 있어요.
아버지 혼자 살기에는 집이 큰 편이지만
거실 가운데 턱하니 주목 뿌리로 만든 테이블이 놓여 있습니다.
다니기 불편하기도 하고 제 눈에는 보기에도 흉합니다.
이사라도 할라치면 무게와 부피 때문에
비용도 만만치 않은데도 아랑곳 않으십니다.
저는 가끔 아버지께 마당 넓은 집이나
건물 로비에 두면 좋겠다고 제안하는데도 안 된다고 하십니다.
요즘에는 자연보호 때문에
이런 건 만들지도 못한다고 하시면서.
저희 아버지 눈에 그것은
귀하디귀한 오래된 역사를 자랑하는 소중한 물건입니다.

한편으로 생각하니
그 식물의 뿌리를 발견하고 다듬어 가치를 부여한 분도 계시네요.
저라면 식물 뿌리 한번 크네~ 하고 지나쳤을 거예요.
나무 뿌리로 그냥 묻혀 있을 수도 있지만
누군가에 의해 작품으로 대접받을 수도 있네요.

그러니 어떤 물건이 항상 누구에게나
귀한 물건으로 대접받는 것은 아닌 듯해요.

초등학교 4학년 때 음악, 미술, 체육 과목의 성적이 저조하다고
방학 내내 신혼이던 단칸방으로 불러
개인 공부시켜 주셨던 5학년 때 담임선생님,
중학교 가서 처음 본 사회 시험에서 Top을 했음에도 85점 받았다고
앞으로 불러내서 때리셨던 선생님,
아마도 저를 갈고 닦아 주신 분들이 아닌가 싶습니다.
그 중에 제일 저를 갈고 닦아주신 분은,
찬밥을 먹으면 배앓이 하던 저를 위해 따뜻한 밥 지어
점심시간마다 동생까지 데리고 가져다 주시고
고3 때에는 독서실에서 학교로 곧장 등교하는 저를 위해
1교시 마치면 도시락 2개를 가져다 주시던
어머니가 아닐까 싶습니다.
이제는 이렇게 튼튼하게 잘 지내고 있으니까요.

어머니가 남기신 오래된 지갑은
제 서랍 깊은 곳에서 어머니와 저를 이어주는 통로로 남아 있어요.
그것은 누구도 가지고 싶어 하는 물건은 아니지만
제게는 어떤 명품 지갑보다 소중한 것이에요.
그 물건이 귀하고 비싼 것인지는
이렇듯 사용자의 인식에 따라 차이가 있습니다.

내 옆에 있는 누군가를 귀한 사람으로 만드는 것,
그것은 다름 아닌 자신이라는 생각을 해보시면 어떨까요?
내 주변의 사람을 귀히 대접하면
내 주변에 귀한 사람이 가득해진다는 것.

오늘, 함께하는 분들과 행복한 하루 보내세요.

익숙한 것

'익숙한 것을 새롭게'
창의력을 키우기 위해 가져야 할 시각입니다.
어제 종합시험을 위해 준비하다 읽은 구절인데
마음에 남았어요.

익숙한 것들은 익숙해져서
많은 것들을 그냥 지나치게 됩니다.
지나 다니는 거리도 그렇고
집 앞에 펼쳐진 풍경도 그렇고
자주 만나는 사람은 더더욱 그러합니다.
'그런 사람이지' 하며 어떤 범주에 넣어 버리면
그 사람 내면의 아름다움이나
그의 변화를 알아차리지 못합니다.

사람에게는 한번 그렇게 생각하면
내내 그렇게 생각하는 관성이 있어
그것이 가지고 있는 다른 면을 보기 어렵습니다.
그러니 의도적으로 한번은 비틀어 보거나

전혀 다른 각도에서 보는 노력이 필요합니다.

오늘 한번 해볼까요?
늘 익숙했던 것들과
사무실을 오가며 만났던 풍경들을
새롭게 보는 거예요.
이미 꽃은 지고 나뭇잎들이 우거지기 시작했다는 것
늘 다니던 길보다 빠른 길이 새로 생겼다는 것
주변에 예쁜 찻집이 있었다는 것을 알 수도 있고요,
내 동료의 웃음이 참 곱다는 것
내 아이는 내가 하는 말에 대꾸하지만
그만큼 자신의 생각이 자랐기 때문이라는 것을
발견할 수도 있을 거예요.

이렇게 익숙했던 풍경과 사람들 속에서
새로움이 보일 거예요.
그럼 오늘은 익숙한 것에서 새로움을 찾는
보물찾기 한번 해볼까요?

익숙한 것에서
새로움을 찾는
보물찾기를
해보세요

가을

나이듦에 대하여

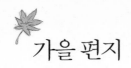

가을 편지

여름 내내 무성했던 나무들이
긴 겨울로 떠날 채비를 하고 있습니다.

형형색색 옷을 갈아입고
제 몸의 수분을 없애며
훌훌 낙엽이 되어 떨어질 준비를 합니다.

제게도 다가올 겨울이 있고 준비를 해야 하는데,
아직도 단풍놀이에 머무르고 싶은 마음이 큽니다.

오늘을 놓치기보다 주어진 오늘을 즐기며 살겠습니다.
오늘 펼쳐진 아름다운 풍경을 놓치지 않겠습니다.

혹시 하고 싶으신 일 있으세요?
체면 때문에 못 한 일은요?
어느 날 뚝! 하고 떨어지는 낙엽처럼
어느 날 여러 가지 이유로 정말 못 하게 되는 날이 올 것입니다.
그러니 오늘 여기서 하고 싶었던 것은 지금 하기로 해요.

혹시 제가 보낸 편지를 아직 받지 못하신 분,

아~~모두 받으셨다고요?

내 안의 용기를 끌어내어 새로운 도전을 꿈꾸는 하루 보내세요.

노안

깔끔하던 어머니의 부엌에
어머니가 나이가 드시면서
조금씩 얼룩이 생긴 것은
아마 잘 안 보여서 일 것입니다.

나이가 들어 노안이 되는 것은
어쩌면 너무 가까운 곳의 허물은
보지 말라는 배려인지도 모른다는 생각이 듭니다.

점점 TV 소리를 더 크게 키워 보게 되는 것은
나이가 들면 청력도 나빠지기 때문일 것입니다.
귀가 편해진다는 60대를 이르는 이순(耳順)도
어쩌면 들리는 것이 힘들어지니 귀가 순해지는 것일 겁니다.

가까운 사람의 허물은 보지 말고
가까운 사람의 말에 너무 노여워 말라는

노인은 아직 거리가 있는 단어라고 스스로도 생각하지만

어느새 중년이 된 것을 자연스레 받아들이듯
노인이 되어 있는 우리를 만나게 될 것입니다.

그때 완고하고 아집 있다는 이야기를 듣지 않도록
지금부터 너무 따지지 말고
여유롭게 살아가야겠습니다.
가까운 것이 잘 안보이면
먼 산 쳐다보고,
핸드폰에서 나오는 소리가 잘 안 들리면
먼 곳을 다녀온 바람이 전해 주는 이야기를 들으면 어떨까요?

그럼 오늘도 평온하고 여유로운 하루 보내세요. ♡

자신을 바꾼다는 것

"인간이 바꿀 수 있는 것은 자신과 미래이다."
누가 한 말인지 격하게 공감한다.
그런데 자신을 바꾸기는 쉬운가?
나는 쉽게 나를 바꾸지 못한다.

치아교정을 시작한 지 5년이 넘었다.
대학생 때는 덧니가 웃으면 귀여운 수준이었는데
시간이 흐를수록 눈에 거슬렸다.
마침 치아교정을 시작하는 동료 교사가 있어
더 늦기 전에 하자 마음먹고 시작했다.

치아교정도 의사마다 시술방식이 다른데
치아 사이를 넓혀서 공간을 만들어
치아를 바르게 잡는 방법으로
3년 여를 소요해 가지런하게 만들었다.

처음에 나사 같은 것으로 치아 간격을 넓힐 때는
약간의 두통도 생겼고,

업무시간 중간중간 쪼개서 치과 가는 일도 만만치 않았지만,
드디어 끝났다고 했을 때는 너무 좋았다.

그런데
치아의 원상 회복력이 뛰어나
교정한 치아도 금세 원상태로 돌아가기에
유지장치를 끼고 있어야 하는데,
그 기간이 교정하는 데 소요된 시간만큼이라고 한다.
거기다 유지장치를 제거한 이후에도
잘 때는 보조 유지장치 껴야 한다고 한다.

지금은 고정 유지 장치 단계이다.
'잘한 거야. 더 늦기 전에' 하고 생각하려고 하지만
아직도 유지장치가 혀끝에 느껴지면
'참아야 하느니' 하고 나를 달래야 한다.

바꾼다는 것이 얼마나 어려운 일인지.
내가 가진 습관, 사고방식, 식성, 버릇 등
어느 것 하나 쉽게 바꿀 것 같지 않다.
그러니 나쁜 습관, 바르지 못한 사고방식이
나를 지배하지 못하도록
나를 경계하며 나아가는 것이
미래를 위해 필요하다는 생각이 든다.

우리는 시간이 흐를수록 노년에 다가간다.

완고하다고 표현되는 강함보다

오랜 시간 숙성된 것에서만 찾을 수 있는 깊은 풍미를 내도록

나를 만들어가는 것이 내 미래를 위해 필요할 것 같다.

어제 노년에 관한 책 스무 권이 배달되어 오니

아마도 이런 결론에 도달하나 봅니다.

오늘도 해피데이. ^~*

특별한 하루

어느 부인의 유품을 정리하다가,
실크 스카프 한 장을 발견했다고 합니다.
그것은 그 부인이 뉴욕을 여행하던 중에
유명 매장에서 구입한 것이었습니다.
아주 아름답고 비싼 스카프여서,
애지중지하며 차마 쓰지 못한 채
특별한 날만을 기다렸답니다.

친구는,
여기까지 이야기하고 말을 멈췄습니다.

나는 아무 말도 하지 못했습니다.
잠시 후 친구가 말하더군요.
"절대로 소중한 것을 아껴뒀다가,
특별한 날에 쓰려고 하지 마.
네가 살아 있는 매일매일이
특별한 날들이야."

그런 경험 있으실 거예요.

특히 여자들은 남자들에 비해 옷과 관련된 쇼핑을 좋아하고

대부분의 옷은 충동적으로 구매한 것이 많습니다.

그래도 가정경제를 무너뜨리지 않는 범위 내에서

구매를 하지만

가끔 값비싼 것에 마음이 이끌려

충동구매를 하게 되는 경우도 있습니다.

좋은 날 입어야지,

멋진 장소에 갈 때 입어야지 하면서

그 격에 맞게 구입하지만

아끼다가 정작 몇 번 입지 못하고

유행이 지나 옷장에서 천덕꾸러기가 되어버린

그런 경험 있으실 거예요.

어린 시절의 가난한 집안 사정 때문에

하고 싶었던 공부를 하지 못했기에

방통대학이라도 다녀야지 했는데

벌써 60대 중반이 되었다는 어느 분의 경우와

나중에 형편이 좋아지면 다녀야지 했던 오페라도

다닐 수 없게 건강이 나빠진 분의 경우처럼

훗날은 늘 훗날일 뿐.

오늘이 또 올까요?

어느 오늘도 또 오지는 않습니다.

내게 온 오늘을 특별한 하루입니다.

나중으로 미루지 마시고 오늘 주신 특별한 하루를

감사히 여기면서 행복한 하루 보내세요.

늙은 두루미의 지혜

시베리아 북쪽지방의 타우라스산은 독수리의 서식지로 유명한데
두루미의 이동경로라고 합니다.
독수리들에게는 두루미가 가장 맛있는 먹이로
독수리들은 타우라스산을 넘어가는 두루미들을 공격합니다.
두루미는 요란스럽게 떠들기를 좋아하는데
하늘을 날 때도 계속 시끄러운 소리를 냅니다.
이 소리는 독수리들에게 먹잇감을 알려주는 좋은 신호가 된다고 합니다.
요란스런 두루미는 공격당해 어김없이 먹잇감이 됩니다.
그런데 나이가 많은 노련한 두루미들은 거의 희생을 당하지 않는데,
산을 넘기 전, 입에 가득 돌을 물고 하늘을 난다고 합니다.
침묵을 지킨 두루미는 무사히 여행을 마치게 됩니다.

말을 한다는 것이 도움을 주는 경우도 있지만
부메랑이 되어 나를 해치는 경우도 많습니다.
이 글은 침묵의 중요성을 강조할 때 사용되는 예화인데,
저는 이 글을 읽다 '노련한'이라는 단어에 마음이 끌렸습니다.
그냥 '나이든'도 아니고 '늙은'도 아닌
나이가 준 경륜의 무게를 알게 해주는 단어라는 생각이 들었습니다.

나이가 들면 지갑을 열고 입을 닫으라는 말과도
일맥상통하는 것이 아닌가 합니다.
자꾸 남의 흠이 보이고
자꾸 충고하고 싶지 않으세요?
자꾸 서운하고
자꾸 알려줘야 한다는 마음이 들지 않으세요?
그럴 때 노련한 어른이 되어
입을 다물고 행동으로 본이 되어주면 어떨까요?

세상을 바꾸는 가장 쉬운 길
나를 바꾸는 것입니다.
우리부터라도 멋진 어른이 되어
나도 저 나이가 되면 저 어르신처럼 되어야지 하는
삶을 살았으면 좋겠습니다.

그럼
오늘 모처럼 쉬는 휴일,
옆지기의 흠 하나를 모른 척해 주는 하루 보내시길.

직선

굿모닝! 토요일 아침이에요.

음악 크게 켜고 이렇게 안부를 전할 수 있으니 감사합니다.

저는 요즘 거동이 불편한 분들에게 필요로 하는 물건에

관련된 분야에 종사하시는 분들을 만나고 있는데,

이렇게 건강한 것이 얼마나 감사한 일인지 새삼 느끼게 됩니다.

여름이면 "겨울이 좋지 않냐?"라고 말하고,

외국 여행 가서는

"우리나라가 더 좋은 것 같아. 왜 왔는지 모르겠네" 하고

연신 투덜거리고

함께 밥 먹으며 "이 집은 음식 맛이 별루야" 하고

대수롭지 않게 말하는 분을 가끔 보게 되는데,

함께 있으면 마음이 조금 불편해집니다.

여름엔 여름의 따뜻함을 즐기고,

여행 가서는

어차피 돌아갈 날짜가 정해져 있고 낯선 풍광을 보러온 것이니

이렇게 떠날 수 있었던 여건에 감사하고,

맛이 좀 떨어져도 함께 밥 먹는 사람이 있다는 것을 의식하면

내색 않고 밥 먹는 사람의 기분마저 다운되는 것을 막을 수 있겠지요.

인생을 직선으로 표현하면
출발점보다 종착지에 가까워지는 지점에 이른 우리가
오랫동안 지금처럼 살 수 있을 것이라 당연하게 생각하지 말고
지금 가진 건강과 주신 환경에 감사하며 살아야겠습니다.

어제 요양원을 운영하는 친구가
58세인데 갑자기 관절을 움직이지 못하게 되어
요양원에 온 분이 있다며 건강관리 잘하라고 하던데,
나는 안 그럴 거라고 반박하지 못하고
그래야겠네 하는 마음이 들었거든요.

유난히 작은 소리를 못 듣던 친구가
귀수술을 해야 한다는 소식을 들으니,
입 주위에 생긴 주름을 없애는 방법을 궁리하며
자신이 아는 온갖 지식을 나누던 것을 떠올라,
그런 고민은 참으로 사치였다는 생각을 하게 했습니다.

먼 곳에서 들리는 새소리를 들으니
먹을 것, 입을 것을 비축하려 욕심내지 않고
주어진 하루하루에 충실하게 살아도 되지 않을까 하는 생각을 합니다.
오늘이라는 선물을 여러분과 함께 열어서 감사합니다.

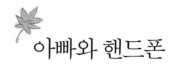

아빠와 핸드폰

며칠 전 아버지가 핸드폰 활용에 관한 영상 하나와
그렇게 활용할 수 있도록 도와달라는 메시지를 보내셨습니다.
영상 내용을 살펴보니 핸드폰을 활용하여 할 수 있는
많은 것들이 예로 제시되었는데
에버노트나 구글에서 제공하는 여러 편의 기능에 대한 설명이었습니다.

예전의 아버지는
대한민국에서 마이크로웨이브에 관한 한 전문가임을 자처하셨고
그것에 대한 자부심이 대단한 분이셨는데
이제 새로운 것에 대한 두려움이 있으신가 봅니다.

그러고 보니 처음 컴퓨터 배우러 가던 때가 생각납니다.
아직 윈도우가 나오기 전이어서 뭐라고 설명해도 어려웠습니다.
그때 떠올렸던 생각이 한글을 모르는 채로 사셨던
할머니는 얼마나 불편하셨을까 하는 것이었습니다.
그리고 컴퓨터를 배운다는 것은
문맹을 넘어서는 것과 같은 것이라고 생각을 하며 참고 다녔습니다.
그런데 금방 윈도우 세계가 열리고 기술이 급속도로 발전해서

컴퓨터를 사용하는 것이 어려운 일도 아니고
지금은 옆에 없으면 불편할 뿐 아니라
일 자체가 안 되는 세상이 되었습니다.

어제 하루 종일 강의로 너무 피곤해서 아버지 오실 때까지
잠시 잔다는 것이 깊이 잠들어 아버지가 오셨을 때는
잠에서 덜 깨어 비몽사몽간에 아쉬운 대로 앱을 깔아 드리고
간단하게 사용법을 알려드리고 왔는데 잘 되실지는 모르겠습니다.

그러고 보니 아들과의 대화가 생각이 납니다.
"요즘 니가 연구하는 게 뭐야?" 하고 아들에게 물었더니
"설명하자면 너무 길어요." 하더군요.
"나도 그 정도는 알아들을 수 있어." 했더니
너무 많은 걸 설명해야 한다며
몇 년 걸려 해온 것을 다 설명하기 어렵다는군요.
그런 아들이 조금은 섭섭하기도 했지만
대견함이 더 컸던 기억이 납니다.
저도 어느 순간이 되면 아들의 아이들에게
"저거는 어떻게 쓰는 거냐?" 하고 물어 보다가
"어휴~~ 그거 안 써도 된다." 하고 포기하는 날이 오겠지만,
그래도 아버지처럼 써봐야야겠다는 생각을 놓치지 않는
호기심을 가진 노년이 되고 싶습니다.

.

세상은 빠르게 변합니다.

그 변화 앞에 가만히 마주 서봅니다.

너무 힘주면 힘들겠지요.

온몸에 힘을 빼고 바람이 몸을 스쳐지나가듯

변화의 바람을 맞아야겠다는 생각을 합니다.

그럼

오늘도 좋은 하루. ^~*

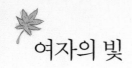

여자의 빛

"그런데 내가 늙어서 예순 살이 되면?"
"당신 말은 배, 가슴, 엉덩이 같은 게 늙는 걸 말하는 거야?"
"물론 그렇지. 그런 생각을 하면 겁나지. 안 그래?"
"아니 겁 안 나."
"어떻게 겁이 안 날 수가 있어? 내 피부가 늙은 피부가 되는데?"
"늙은 피부 같은 건 존재하지 않아. 그건 사랑이 없을 때의 이야기야."

– 로맹 가리의 《여자의 빛》 중에서

맞는 말이에요.
예전에 같은 교회에 다니던 여류 화가가 있었는데,
육순이 넘었으며 머리가 온통 은발인 분이셨는데도
빨간 슈트 차림이 어찌나 멋져 보이던지.
최근에 논문 인터뷰 덕분에
S대의 가정대학 학장님을 하시고 정년퇴임 하신
70대 중반의 명예교수님을 뵈었습니다.
일생을 학교와 제자를 위해 헌신하시고
지금은 그동안 못 해본 일을 하느라 너무 분주하시다는
그 분의 얼굴이 얼마나 아름다웠는지.

겁나는 건

내게서 열정이 사라졌을 때,

내게서 사랑이 사라졌을 때,

그래서 아무것도 하지 않으려 할 때라는 생각을 해봅니다.

며칠 전 팔순 잔치를 하시는 친척이 있어 다녀왔습니다.

함께 오신 친척 분들도 80이 넘었는데

어찌나 정정하시고 마음이 맑으신지,

"내게는 아직도 시간이 많구나" 하는 생각을 하게 했습니다.

그 이모님은 대학 부설병원에서 40년을 재직하시고

퇴임하셔서도 7년이나 요양병원에서 봉사하셨어요.

또 예전부터 유화로 꽃을 그리셨는데

나이가 드니 유화물감이 건강을 해치는 것 같아

요즘은 수채화를 배우는 중이라고 하셨습니다.

혹시 지금, 이 나이에 뭘 할 수 있겠어

하시는 분 계신가요?

그럼 거울 한 번 보시겠어요?

아무리 피부과를 다녀도

열정으로 자체 발산하는 광택을 찾기는 어려울 거예요.

오늘,

그 출발점이 되었으면 합니다.

"나는 아직 해야 할 일이 많다.
나는 아직 하고 싶은 일이 많다.
그 일들을 하나씩 해보자."
이렇게 다짐하는....

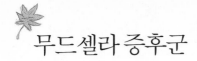

무드셀라 증후군

　지난 과거를 아름답게 기억하는 것이 병적으로 이어지는 사람들이 있는데, 이런 질병을 무드셀라 증후군(Methuselah Syndrome)이라고 한답니다. 이 병의 특징은 과거의 일을 회상할 때 나쁜 기억은 빨리 지워버리고 좋은 기억만 남기려는 기억왜곡 현상을 보이는 것입니다. 이 증세는 현실 상황이 너무 좋지 않을 때 아예 좋지 않은 상황 자체를 기억 속에서 지워, 자신을 방어하는 기제의 하나로 보는 사람도 있습니다. 이름이 특이한 '무드셀라'는 구약성서에 등장하는 인물로 969세까지 살아 장수의 대명사로 불립니다.

　또 미국의 캘리포니아 비숍의 화이트 산에 100년에 고작 3cm자라는 무드셀라라는 나무가 있는데, 나이가 무려 4847세로 세계에서 가장 오래된 나무라고 합니다. 이 나무의 중심부는 썩어 속이 텅 빈 채로 살아가는데, 중심부가 썩는 이유는 여러 균들이 번식하기 때문이라네요. 해발 3,000m가 넘고 혹한과 메마른 환경에서도 무드셀라가 생존할 수 있었던 것은, 역설적으로 환경이 열악하여 성장이 느리고 몸체가 단단하고 송진이 많아 면역력이 높아진 덕분이라고 합니다. 단군이 고조선을 세운 해가 4349년 전이니, 이 나무는 우리나라의 건국보다 무려 500년 전부터 산 것입니다. 정말 오래된 생명력에 놀라울 따름입니다.

무드셀라를 통해 가끔은 나에게 좋지 않은 일은 쉽게 잊어주는 것이 내 건강을 위해 좋겠구나 생각해 봅니다. 몰라! 몰라! 몰라! 하고 내 기억 속에서 잊어버리는 무책임함이 아니라, 내 마음 속에 지우개 하나씩 두고 꽁하게 숨겨두었던 억울한 마음, 잊지 않을 것이라며 벼르던 마음, 떠올리기만 해도 가슴이 쓰라린 상실의 기억들을 지우는 것입니다. 여러 가지 균과 싸우느라 상한 속을 비워낸 채 살았다는 무드셀라처럼 속상한 일들을 비워내고 사는 것이 969세까지는 아니어도 100세까지 살아야 하는, 우리가 행복하게 살 수 있는 비법이 아닌가 생각해 봅니다.

어제 강의하다 분노조절을 위해 어떤 마음이 필요할까요? 하고 질문했더니, 누군가 '용서'라고 답해서 한동안 제 마음이 먹먹했어요. 제게도 용서는 쉽지 않은데. 이제 용서라는 어려운 길보다 아름다운 기억만 간직하는 무드셀라 증후군에 속해야겠다는 생각이 드네요.

그럼, 앞으로 우리는 아름다운 기억만 기억 속에 살게 해요.
오늘, 아름답고 좋았던 시절로 추억여행 떠나겠습니다.
여러분도 모두 행복여행 떠나 보시기를.

산다는 것

　서천중학교 교사연수 강사로 초빙되어, 늦가을 여행 삼아 서천에 다녀왔다. 갑자기 추워진 날씨로 인해 가는 길에서 이미 겨울이 다가와 있음을 볼 수 있었다. 서천은 전형적인 시골의 모습을 하고 있었는데, 진입로 이정표에 금강하구 갈대밭으로 유명한 신성리 갈대밭을 발견하고 연수를 마치고 가야지 하는 생각을 했다.

　그러고 보니 도로 길 가에도 갈대가 무성하다.
　부는 바람과 갈대는 너무나 잘 어울린다.
　작은 시골 중학교,
　외부에서 온 이에게 반갑게 인사하는 아이들,
　마음에 든다.

　어디를 갔을 때 나는 인사하는 모습을 보고 그 집단을 평가한다. 먼저 밝은 얼굴로 인사하는 곳은 리더십이 잘 발휘되고 있는 조직이라고 보아도 무방하다고 생각한다. 그러나 얼굴이 마주쳐도 인사하지 않는 곳은 앞으로 어렵겠구나 하는 생각을 하게 한다. 인사는 만사이다. 밝은 얼굴로 하는 인사는 그 어떤 것보다 강력하게 첫인상을 좋게 하는데, 대부분의 경우 첫인상이 관계를 좌우하기 때문이다. 그래서인지 서천중학교의 이미지는 좋게 다가왔다.

　대개의 경우 교사연수는 의무적인 과정이어서 해야 할 다른 업무거리를 준비해오는 분들이 많다. 교사생활을 통해 나 역시 연수에 대한 기대가 별로 없다는 것을 알기에, 굳이 내 강의를 들으라고 강요하지는 않지만 조금 지나면 달라질 것이라는 기대로 시작했다. 역시! 뭔가 다른 일을 하려 했던 분들의 눈빛이 변하고 끄덕이는 머리에서 내가 애써 준비한 강의가 헛되지 않았음을 느끼며 강의를 마쳤다.

　그 분들과 아쉽게 작별하고, 산다는 것이 조용히 속으로 우는 것이라는 것을 깨닫게 했던 신경림의 갈대라는 시를 떠올린 것은 아니었음에도 혹시 갈대밭 속에서 울게 되는 것은 아닌가 생각하며 뉘엿뉘엿 해가 지는 금강하구로 갔다.

　가는 길에 유명하다는 한산소곡주도 한 병 사고
　어스름해지는 노을도 보고
　늦가을을 만끽하며 갈대숲에 도착하였는데,
　아~~ 추워도 너무 춥다.
　그리고 너무 황량하다.
　이런 델 혼자 온 용기라니.
　그곳까지 간 것이 억울해서 외투를 챙겨 입고 나갔지만
　강변의 바람은 어찌나 센지
　사진을 찍을 만큼만 버틸 수 있었다.
　간신히 세 컷.
　그럼에도 오는 길에 내내 그 시 구절이 떠올랐다.

제 울음에 흔들리고 있던 갈대를

속으로 울음 삼키며 흔들리던 갈대를

그러나 그 갈대가 그 세찬 바람에도 꺾이지 않는 것은

속을 비웠기 때문이라는 사실도 함께 기억하기로 했다.

누가 나를 흔들거든 조용히 몸을 맡기자.

단, 나의 속을 비우고

언젠가는 바람은 그칠 테니까

그래서 오늘은 일희일비하지 않는 하루. ^~^

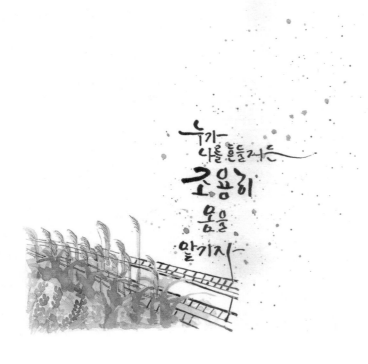

어머니의 아침 준비

아침입니다.
아직 밖은 어둡지만,
달그락거리며
아침을 준비하는 소리가 들립니다.
냉장고에 넣어둔 음식들을
아프신 어머니께서 챙기는 소리입니다.

사랑의 크기를 측정하는 것이 가능할까요?
사랑의 깊이를 아는 것이 가능할까요?
사람마다 다르겠지만
누군가를 위해 무언가 하는 것이
사랑이라는 생각이 확실해집니다.

불편한 몸을 이끌고 차리는 아침상.
그것은 어머니의 사랑입니다.
그 일을 하시라고
뒤로 조금 물러선 불편한 제 마음도
어머니에 대한 사랑이라고 생각합니다.

누군가 보여주는 사랑을
뒤로 물러나 감사하게 받아주는 것도
사랑이기 때문이지요.

이제 눈을 돌리면
여기저기에 피어난 꽃을 볼 수 있어요.
오늘, 이른 아침 드시고
집주변 공원도 산책하고
신선한 공기도 함께 마시며
아름다운 꽃길을 손잡고 걸어보세요.

먼저 사랑을 표현하면
되돌아오는 사랑을 만나는
기쁨을 만나실 거예요.

우러나다

겨울이면 감기에도 탁월한 효과가 있고 체온을 올려주어 건강에 좋다는 생강을 덖어서 분말을 만들어 홍차에 타서 마시면, 체중감소에도 도움이 된다고 하기에 즐겨 마셨다. 친구의 지인이 소일거리로 생강차를 만든다고 소개해주어, 맛도 괜찮고 왠지 건강에도 좋은 것 같아 즐겨 마셨다. 그런데 생강차를 만들어 판매하시던 분이 만드는 과정이 복잡하고 시간이 오래 걸려서 중도에 그만두시는 바람에 생강차 티백을 구입해서 마셨다.

좋은 것에 길들어진 입맛은 질이 떨어지면 금세 맛을 알아차린다. 누군가의 말처럼 세 치 혀에서 느끼는 맛임에도 맛이 있는 것을 먹을 때의 기쁨은 어느 것에도 비견할 수 없다. 그래서 다시 그 전에 좋아하던 일명 다방 커피를 달고 살았는데 프림이 몸에 좋지 않다고 주변에서 홍차를 권했다. 예쁜 잔에 격식을 차려 마시는 홍차에 반해 홍차 동호회에 가입하고, 홍차 우려내는 법을 배워 틈이 날 때마다 마셨다.

아침에 일어나 물을 끓이고
찻주전자에 정성껏 끓인 물을 붓고
홍차가 우러나길 기다리다
문득 든 생각.

내게서는 무엇이 우러날까?
'마음에서 우러나야지'라는 말을 가끔 하는데
만약에 누군가 나를 생각한다면
'저 사람은 저런 사람이야' 할 때의
저런 이가 내게서 우러나는 것이 아닐까?

세작은 여린 잎이 주는 상큼한 맛은 있지만
조금은 떫은맛이어서 별로 좋아하지 않는다.
보이차나 고수홍차처럼 발효한 차는
깊은 맛이 있고 속도 편안해져
마시면 행복해진다.

사람도 그렇지 않을까?
재치와 신선함으로 다가오는 사람도 좋지만
보이차처럼 깊은 느낌으로 묵직하게 함께하는 사람은
오래도록 함께하게 되어 좋다.
게다가 두 스푼 정도로 많은 사람들이
함께할 수 있는 것 또한 매력이다.

나이가 들어간다는 것,
발효된 차처럼 삶이 발효되어 우러나야 하는 것 아닐까?
명예나 부, 대가를 바라는 마음 대신
사랑하는 마음으로 상대를 대하고

나누는 마음이 있어야

그 사람과 함께할 때 행복한 마음이 우러나지 않을까?

아름답게 삶이 발효되어 우러나는 나를 꿈꾸며

오늘은 다향과 함께 행복한 아침 여시기를. ^^

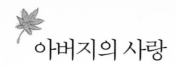

아버지의 사랑

전화기에 아버지가 전화하셨다는 흔적이 있다.
무슨 일이시지?
아버지는 중요한 일이 있을 때나 전화하시는데,
수산시장에 가서 전복과 문어를 사왔으니
근처에 있으면 먹고 가라고 전화하셨단다.
저녁 약속이 있어 가던 길이라고 말씀 드렸는데
밥 먹는 내내 마음이 편치 않다.

좋은 음식을 보자 불러서 먹이고 싶은 아버지의 마음을
날씨 좋다고 밥 먹으러 나가는 내가 어떻게 헤아릴까?
저녁을 먹고 느지막이 갔는데도 과일이라도 먹으라고 성화이시다.

좋은 식당에 갔을 때 다음에 다시 같이 오고 싶은 사람이 있다면
그 사람을 사랑하는 것이다.
좋은 음식을 먹을 때 생각나는 사람이 있다면
그 사람도 사랑하는 것이다.
무언가 주고 싶고 나누고 싶은 사람이 있다면
그 사람은 사랑하는 사람이다.

그런 의미에서 아버지의 사랑은
내 사랑보다 큰 것이 확실하다.
매주 월요일마다 엄마를 만나러 가서 시간을 보내고 오는 친구도 있고
아프신 어머니 병구완에 시간을 보내는 지인도 있는데
나는 그런 면에서 많이 부족하다.

반드시 한 학기는 기숙사 생활을 해야 했던 학칙 때문에
대학 1학년 때 기숙사에 있었다.
학교 밖에 나가면 외출 허가증을 써야 하는 규정을 위반하고

무언가
주고 싶고
나누고 싶은
사람이
있다면
그 사람을
시랑
하는거예요

다방에 가 커피를 마시고 올라오다
멀리서 아버지가 타고 오신 차를 보고
규정 위반 외출이 들킬까 봐 화들짝 놀라
기숙사 입구에서 얼른 아버지를 돌아가시게 했었다.
지금도 그곳에 딸을 보러 오셨던
그 마음을 따라가지 못하는
나를 반성하는데도 마음만 그럴 뿐.

올 봄엔 어린 시절에 아버지가 주셨던 좋은 추억처럼
아직 건강하실 때 꽃구경이라도 모시고 가야겠다.
아버지가 좋아하시는 스테이크 식당에도 모시고 가고.

오늘 부모님의 사랑을 기억하며
감사 안부 전하는 하루 보내보면 어떨까요?

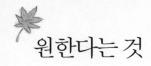

원한다는 것

필요한 것이 있으면 굳이 시장에 가지 않아도
인터넷에 접속하여 쇼핑하면 간단하게 살 수 있고
듣고 싶은 음악도 인터넷을 통해 들으면 되는 편리한 세상이다.

고등학교 다닐 때 필요한 음악을 들으려면 음반을 사야 하는데
비용도 만만치 않아 라디오를 켜고 좋아하는 음악이 나오면
소음이 들어가지 않도록 애쓰며 테이프에 녹음했던 기억이 있다.
그렇게 만들어진 음악 테이프는 좋아하는 친구에게
마음을 표현하는 선물로 주었고,
같은 고등학교 다니던 훤칠하게 잘생긴 오빠가
공부 열심히 하라며 내게 준 노래를 두고두고 들었던 기억이 있다.
물론 지금도 음원을 선물하기는 하지만
예전처럼 시간이 걸리지 않은 만큼 애틋함은 떨어지는 것 같다.

그럼에도 편리함은 다른 것들을 넘어서는 마력이 있는 것 같다.
스피커를 통해 듣던 음악에 비하면
아무래도 탭에서 듣는 음악은 소리가 별로여서
블루투스 스피커를 구입하여

집에도 두고 사무실에서도 쓰고 있다.

음악에 예민한 사람은 좋은 스피커로 듣지만

흥얼거리는 정도로도 충분히 족한 나는

요즘 말로 가성비 좋은 스피커의 소리도

제법 들을 만하다고 생각한다.

블루투스여서 보기 싫은 전선도 없고 공간도 적게 차지하고

귀가 편안해서 좋다.

이처럼 편한 세상에도

정말 중요한 건 자신이 원하는 것이 있으면

'해야 한다'는 사실이다.

전원을 'ON' 해야 부팅이 가능하고

그래야 무궁무진한 인터넷의 세상에 들어설 수 있으며

조금 더 편안한 음악을 듣고 싶으면

블루투스라 하더라도 기기와 연결을 해주어야 한다.

감나무 아래 입을 벌리고 서 있으면

떨어지는 감이 입으로 떨어지는 경우의 수보다

떨어지는 감에 옷을 더럽히는 확률이 더 높지 않을까?

'지금 이 나이에 뭘?' 하지 말고

'내 나이가 어때서?' 하고 시도해보면 어떨까?

며칠 전에 들은 노래 가사가 너무 좋아서 공유해 본다.

아쉬움은 있지만
많이 남지 않았겠지만
오늘도 마저 남은 세월을 걷는다.
이 길을 다 걸으면 그때 나는 말하고 싶다.
나는 좋은 인생이었다.
나의 길을 마저 걷는다......

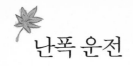

난폭 운전

　운전을 하다 보면 모범운전, 난폭운전, 서행운전, 초보운전, 얌체운전 등 다양한 형태의 운전을 만난다. 나도 길을 몰라 본의 아니게 불쑥 끼어드는 운전을 하게 되는 경우도 있고, 하늘 높고 날씨 좋은 날은 숨어 있던 질주 본능이 살아나 선루프 열고 음악 크게 틀고 과속으로 운전을 하게 되는 경우도 있다. 그리고 퇴근길에 등 뒤로 석양을 받으며 스피디하게 운전하다 보면 외곽순환도로를 한 바퀴 돌아도 좋겠다는 생각이 들 때도 종종 있다.

　생각해 보니 우리나라 외곽순환도로처럼 워싱턴 D.C.에도 벨트웨이가 있었는데, 길의 구배를 잘 만들어서 스포츠카를 타고 굽어진 길을 운전하며 엄청난 스릴을 느꼈던 기억이 난다. 종종 내 차로 학원에 등원을 해주곤 해서 자주 함께 다니던 작은아이는 "어머니! 제가 여기 타고 있습니다" 하고 경고를 주었지만, 속도를 높였다 줄였다 하며 굽이진 길을 돌아가는 느낌을 즐겼다. 그런 경우 외에는 의도적으로 다른 사람을 위협하는 운전을 하거나 얌체처럼 고속도로 진출구에서 끼어들기 같은 건 하지 않았다.

　그럼에도 사각지대에 놓인 차량을 보지 못하고 차선변경을 하려고 할 때 내게 경고를 준다든가 해서 사고를 예방하게 해주는 운전자도 있고, 진입하고 싶다는 나의 바람을 담은 깜박이를 보고 흔쾌히 끼어들기를 허락해 주는 운전자들도 있다. 그런 분들을 만나면 선을 들어 고맙다는 수신호를 보내는데 짧은 순간이지만 마음이 훈훈해진다. 그런데 정말 들어가야 하는데 절대로 양보해 주지 않는 운전자를 만나면 야속한 마음이 들고 어떤 사람인가 궁금해지기도 한다.

囊中之錐(낭중지추)라는 고사성어가 말하듯, 주머니 속에 든 송곳처럼 숨기지를 못하고 드러나는 것이 사람의 인성이다. 그래서 실력 위에 인성이라는 말이 설득력 있게 다가오는 것이다. 특히 사람과의 관계는 실력을 넘어서는 요인들이 작용하는 것 같다. 아무리 실력이 뛰어나도 인간성이 좋지 않으면 가까이 하고 싶은 마음이 저절로 줄어드니까.

그런데 인성에는 출생 시부터 고유하게 타고난 성격과 관련된 것이 있고, 어린 시절 부모의 훈육에서 비롯되는 기본 생활예절에서 축적되는 것들도 있고, 본인의 노력에 의해 만들어지는 것도 있다. 운전하는 분들은 자신의 모습을 점검해 보면 평소의 자신과 다른 자신을 만날 수 있다. 만약 난폭운전에 가깝거나 자주 교통법규를 위반하는 경우라면 한번쯤 자신의 삶을 점검해볼 필요가 있지 않을까?

가끔 이런 이야기를 한다. 사람 안 변해.

정말 그 사람의 내면을 변하지 못하게 하는 것이 그 사람의 성품이다. 그런데 그 성품이 나이가 들면 세상일을 겪으며 유연해지고 조화로워져야 하는데 완고해지고 강해지는 분들이 많은 것 같다. 그래서 사람 안 변한다는 말에 공감하게 되는 것 같다.

우리 모두는 나이 들어가고 있다. 나이란 것이 내가 살아온 날들의 축적이라면, 나이 들어가는 것은 그 축적들의 무늬라고 할 수 있다.

나는 내 삶을 어떻게 물들이고 있는가?
아직도 뾰족하게 남을 찌르고 있지는 않은가?
운전을 하다 깜박이 켠 차를 보면 기분 좋게 차선 변경하게 도와주자.
과속으로 달리는 차를 보면 급한 일이 있구나~
얌체운전을 하는 차를 보면 길을 잘 몰랐구나~ 생각해 보자.
뭐 저런 게 다 있어? 어딜 끼어들어?
이렇게 미운 마음으로 자신까지 불편하게 하지 말고.
이제 우리는 스스로의 노력으로 가능한 뾰족한 면을 갈아야 할 때이다.
그래야 남은 삶이 조금은 더 평화스럽지 않을까?

긴 연휴.
아직 일요일이 있어 좋은 토요일 아침!
넉넉한 자루를 만들어 내 마음의 송곳이 드러나지 않도록 하거나
송곳을 갈아 다른 사람을 찌르지 않도록 하자.

즐거운 토요일! ^^

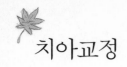

치아교정

사람마다 생각이 다른 것이 당연하다.
얼굴 생김도 다르고 체격도 다르고 성(性)도 다른데
가끔 그 사실을 잊고
부부라는 이유로
형제라는 이유로
혹은 같은 학교를 다녔다는 이유로
같을 것이라고 생각하고
심지어 같은 세대는 같은 생각을 할 것이라고 생각한다.

그래서인지 다른 사람과 이야기 나누면서도
꼭 자신과 같은 생각을 하기를 바라게 된다.
어느 때는 생각이 다르다는 것을 알면
자신이 생각하는 것처럼 생각해 주기를 바란다.
'그랬구나, 그럴 수도 있었겠지' 하고 생각해 주면 서로 편할 텐데
'이렇게 해야 되지 않을까?' 하며 자신의 생각을 강요한다.
뿐만 아니라 상대를 비난하기도 한다.
사실 너무나 생각이 같으면 빨리 싫증이 나고,
변하지 않고 늘 같은 생각만 하는 친구는 지겨워진다.

어려서 아랫니가 살짝 돌출되어 있었어도 심각하게 고민하지 않았다.
오히려 웃을 때 덧니가 귀엽다는 사람도 있었다.
그러나 나이가 들며 치열이 흐트러져서 내 눈에 흉하게 보였고
무엇보다 고질병인 어깨 통증도 완화가 된다고 해서
50을 바라보는 나이에 치아교정을 시작했다.
그 나이에 힘들지 않겠느냐며 나를 걱정해 주는 사람도 있었지만
'또 시집갈 거야?' 이런 반응은 대답할 말을 잃게 했다.
그런데 생각보다 그렇게 말하는 사람이 많았다.
그래도 나는 시간이 오래 걸리는 치아교정을 시작했고
지금은 그때라도 시작하길 잘했다고 생각한다.

가끔 주변 사람들을 의식해
무엇인가 시도하기를 주저하는 경우가 있는데
생각보다 다른 사람의 일에 오래 관심 가지지 않는다.
그러니 생각이 다르다는 이유로 받았던 비난은 오래 간직하지 말고
내가 진실로 원하는 것이 있다면 시작해 보면 어떨까?
그리고 누군가에게는
"아, 그래. 어려운 점은 없을지 생각해 보고,
그래도 하고 싶으면 해. 그리고 좋은 결과 있기 바래~."
이렇게 말해 주면 어떨까?

미세먼지가 걱정되는 요즘
건강하게 하루 보내세요.

조실로
원하는 것이 있다면
시작해 보면
어떨까

노인

제가 관심 가지는 주제는 '노인의 일'입니다. 개인에게 일은 여러 가지 의미를 가집니다. 대개 생존과 직결된 의식주를 해결하기 위해 우리는 일을 합니다. 하지만 부유한 사람이 재산이 감소될지도 모르는 일을 하는 것을 보면, 일이 개인에게 주는 다른 의미가 있습니다. 예를 들면, 일을 통해 사회적 관계를 넓히고 자아실현을 하거나 성취의 기쁨을 느끼는 분도 있고, 나아가 자신이 가진 재능을 나누는 일을 통해 기쁨을 느끼는 분들도 있지요.

제가 특히 관심을 가지는 것은 일에 대한 의미부여가 미치는 결과입니다. 어떤 의미부여가 일을 즐겁게 생각하게 할까요? 아프리카 남수단 톤즈에서 보여주었던 이태석 신부님의 삶은 일에 대한 의미부여가 우리의 삶을 바꿀 수도 있다는 것을 보여줍니다. 특히 저출산 고령화로 노인 인구가 전체 인구에서 차지하는 비중이 점점 커지고 있는 상황에서 노인의 일은 의미를 새겨보아야 할 듯합니다.

노동력 감소에 따라 노인을 대체 노동인력으로 보는 시각을 벗어나, 남은 생을 유의미하게 보내기 위해 어떤 의미를 부여하고 있는지에 대한 탐색이 저의 관심사가 되었습니다. 그래서 그에 관해 논문을 쓰려고 인터뷰를 해야 해서 대상자를 섭외하다 보니, 법적으로 65세 이상을 노인으로 규정한다는 것을 알게 되었어요. 그래서 이에 해당하는 분들을 추천해 주십사 하고 주변에 청하고 저도 나름대로 찾아보았는데, 그 과정에서 아직 왕성하게 활동하시고 건강하신 분들을 노인이라고 칭하는 것이 죄송한 마음이 들었어요.

저의 경우만 해도 그렇습니다. 언젠가부터는 자연스러워졌지만 한동안 아줌마라고 하면 다른 사람 부른 것이려니 생각했어요. 나를 부른 것이라는 것을 알게 되어도 아닌 척하고 뒤도 안 돌아보던 때가 있었는데, 어느덧 제가 노인을 향해 나아가고 있지요.
최근에 들은 노래 중 박상민의 〈중년〉에 이런 구절이 나옵니다.
'어느새 중년이 되고 보니
세월이 무심함에 웃음이 나오더라'
이런 구절이 예사롭게 들리지 않는 것은 저도 이미 중년이고
어느 정도 공감하는 마음이 있기 때문이었을 거예요.
그런데 지금처럼 돌아서면 달이 바뀌고
또 새로운 달을 맞이하는 시간을 생각하면
저도 금세 노년이 될 것 같습니다.

가까운 곳에 아름다운 노년을 맞으시는 분들이 많습니다.
노인 하면 떠오르는 구부정한 모습에 완고한 얼굴이 아니라
활기차게 일을 하며 환한 모습으로 맞아주시는 어르신들을 뵈면
나도 저렇게 곱게 나이 들어가야지 생각하게 됩니다.
나이 드는 것을 너무 두려워하거나 회피할 일도 아닙니다.
한편으로 노년은 양육과 부양의 부담에서 벗어나

시간적 여유를 가지고 자신의 삶을 찾아가는
아름다운 시간일 수도 있습니다.

제 동생이 가끔 제게 하는 말이 있어요.
"언니! 오늘이 언니의 제일 젊은 날이니 예쁘게 살아~"

제게 가장 젊은 날인 오늘을 활기차게 열어보려고 합니다.
다가오는 미래는 함께하는 여러분이 계시니 행복하겠지요?
자! 그럼 오늘 활기차게 시~~작. ^^

프리저브드 플라워

가끔 그런 표현을 쓰지요.
"그 사람은 너무 드라이해" 아니면 "너무 메말랐어."
무언가 인간미가 부족할 때 쓰는 말입니다.

아는 분의 전시회에 갔다가
꽃다발이 많이 들어 왔다면서 하나 주기에 가져와서
금세 지면 아까울 것 같아 그늘에서 뒤집어 말렸습니다.
이렇게 만든 드라이플라워는 탈색이 되긴 하지만,
오래도록 자태를 뽐내지요.

요즘은 프리저브드 플라워라는 게 있습니다.
싱싱한 상태로 그대로 말린, 그래서 색감도 그대로인 꽃이랍니다.
꽃값이 비싸다 보니 그렇게 쓰면 아쉬운 대로 좋긴 하지만,
어디까지나 생화처럼 느껴져서 좋다는 단서를 달게 됩니다.

생화는 향기도 있고 물기를 머금어 생동감이 있기에
꽃 한 다발 꽂아두면 마음마저 환해지는 듯해서 좋지만,
그 물기로 인해 곧 시들고 마는 아쉬움이 있습니다.

살다보면 그런 사람 있습니다.
생기는 것도 없이 남을 도와주시는 분
바라지 않고 나누어 주시는 분
선뜻 무거운 짐을 진 사람의 짐을 함께 들고 가 주시는 분

이런 사람은 바늘로 찔러도
피 한 방울 나지 않을 것 같은 사람보다는
결국 가지는 것이 많은 삶을 살고 있음을 봅니다.
그런 사람이 있으면 사람들이 행복해 하고
그런 사람이 없으면 그리워하니까요.

그러나 그런 사람도 곧 시들고 마는 생화처럼
힘든 내색 않지만 마음이 힘들 수도 있을 거예요.
가끔은 그 분도 위로받고 싶을 거예요.

드라이플라워는 싫증 나서 버리는 경우는 있어도
상해서 버리게 되지는 않지만,
싱그럽게 공간을 빛내 주던 생화는
며칠 지나면 초라하게 시들어 결국 버려야 합니다.

메마르게 사는 사람보다 늘 나누어 주는 그 사람이
오히려 더 많은 상처를 안고 살아가는지도 모릅니다.

그런데 사람들은
드라이하거나 혹은 메마른 사람에게는
마음을 쓰고 나누어 주면서,
자신에게 많은 것을 나누어 주는 사람에게는
정작 받기만 하는 것을 당연하게 생각합니다.
사람과의 관계는 상대적인 것이어서
늘 그런 사람은 없습니다.

돌이켜보면, 늘 내게 주기만 했던 사람이 있고,
늘 제가 주어야 했던 사람이 있습니다.
그런데 늘 주시는 분에게는 계속 주겠지 하고 믿게 되고,
제가 주고 싶은 사람에게는 하나라도 더 주려고 했던 것 같습니다.
그래서 저도 누군가에게는 무척 인색한 사람으로,
또 다른 누군가에게는 좋은 사람으로 기억되고 있을 거예요.

오늘은 월요일 아침인데 비가 옵니다.
그동안 저와 함께했던 소중한 인연들을 떠올리며
그동안 인색했던 분들에게
촉촉한 물기 머금은 마음을 전해보려 합니다.

그러면 힘내서 일주일 시작하세요~~.

매미

일찍 청양에서 인생 2막을 준비하신 분이 계십니다.
어제 함께 공부하는 분들과 내려와서
늦은 밤에 장작불 피워 바비큐도 해먹고
이런저런 이야기 나누다 잠들었는데
아침 공기가 정말 상쾌하네요.
나지막이 풀벌레가 울고
하늘은 높고 맑으며
풀잎을 흔드는 바람은 여름더러 저만치 가라고,
가을을 내가 품고 왔다고 이야기하는 것 같습니다.

지난밤에 이런저런 이야기를 나누다
일행 중 한 분이 이런 이야기를 하였어요.
"여름내 매미가 얼마나 극성으로 울던지.
어느 날 너무 시끄러워 잠을 잘 수 없어 시계를 보니
새벽 5시 반이었고 그 다음 날도 어김없이 5시 반에 울더라고요.
그런데 입추 다음날부터 매미소리가 사라지고
풀벌레 소리가 들리더더군요. 절기가 얼마나 무서운지."
그 말끝에 제가 질문하였어요.

"매미는 다 어디 갔대요?"
"집에 갔겠지요. ㅋㅋㅋ"
"진짜 어디로 갔지? 집이 어딘데?"
아직 땅 속에 들어갔을 리도 없고.
땅 속에서 7년을 살다 고작 2주 살면서
맹렬하게 울다 간다는
매미의 일생이 그렇게 종말을 고한 거였습니다.
그러니 "우리가 잠을 좀 설치더라도 매미 우는 거 참아주자" 하고
이야기 나누었습니다.

아침에 황토방 낮은 창문 넘어
풀벌레 소리 들리니
그 매미들은 정말 다 어디갔지? 하는 생각이 듭니다.
인생 한 방이라고 이야기할 때도 있지만
정말 인생 한 순간인 것 같습니다.
그런 인생을 매미처럼 가열차게 울 수도 있어야겠습니다.

숲 속의 아침은 이미 가을입니다.
이른 가을바람을 전합니다.
오늘도 행복하게~.

마음의 병

날짜를 적다 보니 이 달의 마지막 날입니다.
나이에 비례하여 시간이 빨리 간다더니
저도 제법 나이가 든 모양이에요.
이토록 시간이 빨리 흐르는 것을 보니.

평범한 이야기지만
병에 물을 담으면 '물병'이 되고,
꽃을 담으면 '꽃병', 꿀을 담으면 '꿀병'이 된다는
이야기를 생각해 봅니다.
통에 물을 담으면 '물통'이 되고
쓰레기를 담으면 '쓰레기통'이 됩니다.
그 안에 무엇을 담느냐에 따라 쓰임이 달라지지요.

대접도 달라집니다.
꿀병이나 물통이나 밥그릇 등 좋은 것을 담는 것들은
자주 닦아 깨끗하게 하고 좋은 대접을 받지만,
중요하게 여기지 않는 것을 담은 것들은 한 번 쓰고 버리거나
가까이 하지 않고 오히려 멀리 하는 나쁜 대접을 받습니다.

우리 사람들의 '마음'도 이와 같지 않을까요?
불만, 시기, 불평과 같은 좋지 않은 것들을 가득 담아두면
마음이 아프고 괴로울 테니
그런 것만 가득 담고 있는 사람과는 함께하기를 꺼려할 테고,
감사, 사랑, 겸손 등 좋은 것들을 담아두면
마음이 즐겁고 행복할 테니
주변에 좋은 사람들이 가득할 거예요.

나이 들어가는 우리♡
꽃을 담아두는 여러 용기들처럼
누군가에게 기쁨 주고 사랑 주는
'아름다운 나이듦'을 기대해 봅니다.

겨울

시간 속의 존재

자작나무

차가운 바람 맞으며
제 몸의 껍질을 스스로 벗겨내
하얗게 줄기를 드러낸 채 찬바람 맞는 나무
나무를 태우면 자작자작 소리가 난다는 자작나무

강인한 생명력과
숲을 이루어 빛나는 아름다운 모습으로
많은 시인과 화가들에게 사랑받는 자작나무

수피를 벗겨
연정의 편지를 써서 보내면
사랑이 이루어진다는,
자작나무의 꽃말은 '당신을 기다립니다'라지요.

제게 자작나무 숲은
환한 햇살 가득한 그리움입니다.
한여름의 눈부신 깔깔거림으로 진동했을 숲이
제 잎을 다 떨구고

당신을
기다립니다

제 껍질을 다 벗겨내고
추운 겨울을 이겨내어
봄날 아름다운 잎으로 숲을 이루어 만날 수 있기에.

11월의 마지막 날.
곧게 하늘을 향해 뻗은 자작나무처럼
숲을 이루어 아름다운 우리이기를 소망하며
서로의 안부를 물어주는 하루 보내기로 해요.

"함께 해서 행복합니다."
"함께 해서 감사합니다."

열매 맺기 – 에픽테토스

갑자기 이루어지는 일은 없다.
한 알의 과실, 한 송이의 꽃조차
한 순간에 생겨난 것이 아니다.

그대가 나를 향해서
과실이 필요하다고 말한다면
나는 대답할 것이다.

시간이 필요하다.
먼저 꽃이 피게 하라.
그리고 열매가 나오도록 하여라.

　　　　　　　　　　– 에픽테토스

가끔 꽃은커녕 씨앗도 뿌리지 않은 채
열매를 기대할 때가 있습니다.

상추를 심는다며 부추 씨를 뿌린 적도 있고
상한 씨앗을 뿌려 발아가 되지 않은 적도 있습니다.

제대로 된 땅에 떨어지지 않아 싹이 안 난 것도 있고
제대로 깊이를 맞추지 못해 싹이 올라오지 못한 것도 있습니다.

많은 시행착오를 거쳐 싹이 터도
제대로 손길이 닿지 않아 꽃을 피우지 못하고 말라버린 것도 많습니다.

그래서 아름다운 꽃은 보는 이를 감탄하게 하고
한여름 뜨거운 햇볕에 익은 열매는 대견하기까지 합니다.

당신의 오늘은 당신이 맺은 열매랍니다.
그 열매를 보며 그동안의 노력에 칭찬을 아끼지 않는 하루 보내세요.

올해 힘드신 분이 많았대요.
올해 이만큼 온 것도 참 잘했다 칭찬하며 보내는 하루이길 바랍니다.

농사 지으시는 분에 의하면 해마다 열매가 풍요롭지는 않대요.
내년에는 좋아지겠지 하며 힘내는 하루 보내시고요.

갑자기
이루어지는
일은
없다

어땠을까

어땠을까?

그때 그랬었더라면?

학교 다닐 때 공부를 열심히 했었더라면?

그때 그 사람이 내민 손을 잡았었더라면?

혹은 그 사람이 내민 손을 잡지 않았더라면?

어땠을까?

지금 나는 행복했을까?

요즘 듣는 자주 듣는 노래에 아이유와 싸이가 부른

〈어땠을까〉가 있는데

이 노래를 들을 때마다 이런 질문을 나도 내게 하게 된다.

"다시 태어난다면 어떤 일을 하고 싶으세요?"

이건 내가 인터뷰를 할 때 마지막으로 묻는 질문이다.

몇 분은 다시 태어나도 하고 계시는 일을 하고 싶다 하셨고

몇 분은 다른 일을 하고 싶다고 하셨는데

어제 뵌 분은 이렇게 말씀하셨다.

"지금 내가 하는 일이 내 의지대로 된 일이 아니고,
일도 하고 싶었던 것이라기보다는 그냥 하게 되었고
결혼도 하고 싶었던 사람이라기보다는 그냥 하게 되었는데,
다음에도 내가 무엇을 하고 싶다고 말한다고 해서
그렇게 될 것 같지는 않아."

돌아오는 길에 생각해보니 맞는 말씀이다.
다 내가 한 것 같지만 실은 그렇게 되어진 것이다.

버스표를 사야 버스를 탈 수 있는 것처럼
우리는 준비하고 기다려야 하는 것일 뿐이다.
버스표를 샀다 해도
늦으면 버스 놓칠 수도 있는 것이 인생이다.
재미있는 건 버스는 다음에도 온다는 것이고
그러니 오늘에 내가 와 있는 것 아닌가?

또 이렇게 말씀하셨다.
"돌이켜 생각해 보면 아쉬운 것이 있는데,
선택의 기로에서 늘 쉽게 가는 길을 택했다는 거야.
이 나이 되고 보니 알겠어."
그 분의 말씀을 듣고 생각해 보니
나도 그랬다.

아마도

먼 훗날 가지게 되는

어땠을까?

그때 그랬더라면 하는 건,

그런 후회일 테니.

타이밍

"인생은 타이밍이다"

아무리 좋은 말도 때를 맞추지 못하면
상대가 받아들이지 못합니다.
회복되기 어려운 시간의 강을 건너게 되면
이미 돌아선 마음은 돌이키기 어렵습니다.
개발경비를 들인 계획도 실기를 하면
아무런 소득 없이 포기해야 합니다.
때를 알고 때를 놓치지 않는 것이
어쩌면 자신에게 온 운을 잡아
기회로 만드는 첫걸음일 것이고요.

성공은 우리를 행복하게 합니다.
성공이라 하면 명예와 부를 생각하기 쉽지만,
자신이 원해서 공들여 이룬 것이라는
사전적 의미를 생각하면
우리는 삶에서 많은 성공을 이루며 살고 있습니다.

매일 매일 이루는 작은 성공들,
리포트를 내고 좋은 평가를 받은 일,
처음엔 물서에 뜨기도 어려웠지만
편안하게 평영과 배영을 하고 접영까지 하게 된 것,
하지 못했던 요리를 해서 맛있다는 말을 들은 것,
이런 것들이 모두 작은 성공들입니다.
이런 성공들이 삶에 가져다주는 기쁨들이
삶의 행복을 가져다줍니다.

때를 놓치면 배만 고픈 것이 아닙니다. ^^
병을 고칠 기회를 놓치면 치명적이듯이
내게 온 기회들이 달아나 버리는 것을 넘어서
나쁜 결과를 가져오지 않도록
타이밍에 맞추도록 최선 다하여야겠습니다.

그럼
혹시 미루어둔 일이 있다면
얼른 꺼내서 해보세요,

해피데이~~~♡

때를
놓치면
배만
고픈것이
아닙니다

비우기

　요즈음 소셜네트워크 서비스(SNS)를 통해 좋은 글들이 많이 소통됩니다. 누군가 SNS로 중년에 해야 할 50가지라는 글을 보내주었는데, 첫 번째가 '비워라~~'였어요. 다른 것은 기억도 나지 않는데 이것은 어찌나 강렬하게 와 닿던지...

　주변을 돌아봅니다. 책상에 쌓여가는 서류들, 책꽂이를 넘치는 책들, 옷장에 가득 채운 옷들, 문을 열면 툭하고 굴러 떨어지는 냉장고 속 음식들... 그런 것들을 만날 때마다 한숨이 에휴~~ 하고 나옵니다.

　제가 제일 못하는 것이 비우고 버리는 것입니다. 왠지 이 옷은 나중에 꼭 입을 일이 생길 것 같고, 이 문서를 버리면 나중에 난처한 일이 생길지도 모르고, 이것으로 나중에 맛있는 음식을 할 수 있을 것 같아서요.

　최근 살아가는 데 정말 꼭 필요한 것만 최소한으로 소유하자는 미니멀리즘이 유행해서 인테리어나 생활 전반에 영향을 미치고 있지만, 저는 아깝기도 하고 귀찮기도 해서 정리하는 것이 쉽지 않습니다. 여행을 가도 필요할 것 같아 넣다 보면 남들보다 가방이 많아지고, 그러다 보니 이동이 힘듭니다. 막상 가서 보면 가져간 것들이 다 유용한 것도 아니어서 도로 가져오느라 또 낑낑거리게 됩니다. 그래서 저는 배낭여행은 아마도 영원히 못할 것이라는 생각을 합니다. 로망은 배낭 하나 지고 훌훌 떠나는 여행인데, '현실'은 낑낑입니다.

　제 삶도 그런 것은 아닌지 생각하게 됩니다. 늘 홀가분하게 살고 싶다 하면서도 끊임없는 약속과 해야 할 일이 생각나는 것은 어쩌면 제 욕심 때문이라고 말이지요. 그래서 어제 받은 메시지는 제게 다른 것은 기억도 안 날만큼 강하게 자리 잡았는지 모릅니다. '비우라'는 메시지를 세상을 좀 더 가볍게 살라는 의미로 받아들이고, 갈무리할 것과 버릴 것을 구분해야 함을 알려주는 것으로 받아들였습니다.

　새로 사온 다이어리에 스케줄을 적으며,
　'이 일들이 정말 다 필요한 것일까?
　이렇게 만나는 사람들이 정말 다 만나야 하는 사람들일까?'
　생각해 봅니다.
　새해가 오기 전에,
　이 해가 가기 전에 정리할 것은 정리를 좀 하고,
　가벼이 새해를 맞이해야겠다는 생각을 하게 되었습니다.
　그래야 정말 소중한 것에 집중할 수 있고
　소중한 사람에게 최선을 다할 수 있을 테니까요.

　오늘은 나에게 정말 소중한 것이 무엇일까 생각하며
　하루를 시작해 보세요.

세 번의 기회

살다 보면 인생에서 세 번 기회를 만난다고 하였다.

그리스 신화에서 나오는 기회의 신 카이로스는
앞머리는 숱이 무성하고 뒷머리는 대머리이다.
양발 뒤꿈치에는 날개가 달려 있고, 양손에는 저울과 칼을 들고 있다.
카이로스의 앞머리가 무성하기에 그를 발견한 자는
그의 머리채를 쉽게 붙잡을 수 있지만,
뒷머리는 없기에 지나간 그를 다시 붙잡는 것은 불가능하다고 한다.
더욱이 발에 날개가 달려 있어 순식간에 사라져 버린다.
한번 지나가면 다시 잡을 수 없는 것, 이것이 기회라는 것이다.
카이로스가 저울과 칼을 들고 있는 이유는?
기회가 왔을 때, 저울에 단 것처럼 정확한 판단을 내리고
칼과 같이 날카로운 결단으로 행동하라는 것을 의미한다고 한다.
기회의 신 카이로스는
기회는 발견해야 우리에게 오고
기회를 잡는 것은 어려운 일이라는 것,
기회가 왔을 때 정확한 판단력과 날카로운 결단력이 필요하다는 것을
우리에게 알려준다.

곧 감이 주렁주렁 달릴 것이다.
입 벌리고 감나무 아래 서 있는 사람은 드물지만,
작대기라도 들고 감을 딸려는 사람도 드물다.
감이 내 손에 건네지기만을 기다리는 경우는 흔히 본다.

돌이켜보니 내 인생에 기회가 세 번만 온 게 아니다.
부모님처럼 절대 바꿀 수 없는 기회도 있지만,
가격이 같았던 반포아파트를 선택하지 않고
과천에 와서 산 선택도 있었고,
매일 하는 어느 길이 빠를까 하는 소소한 선택도 있다.

오늘은 어제의 기회를 내가 잡거나 놓친 결과일 것이다.
그러니 기회를 놓쳤다고 슬퍼하기만 할 일도,
기회를 잡았다고 기뻐만 할 일도 아니다.
오히려 정확한 판단으로 기회를 잡고 간절함으로 지켜가는 것,
날카로운 결단으로 잡지 말아야 할 기회를 잡지 않는 것이
정보의 홍수 속에 기회를 잡을 것을 강요당하는
우리가 가질 자세가 아닌가 싶다.

오늘 내가 잡은 기회가 내일의 나에게로 데려다줄 것이라면
그 기회는 좀더 신중히 생각하고 잡고
간절함으로 승부하는 수밖에 없을 것이다.

 사람인

'사람 인(人)'자는 두 사람이
서로 기대고 서 있는 모습을 나타냅니다.

'살아가는 생(生)'은
가만히 살펴보면
'소 우(牛)'자에
'한 일(一)'자가 합쳐져 만들어진 글자로,
삶은 소가 외나무다리를 건너는 것과 같다는
비유일 것입니다.

소가 외나무다리를 건너는 모습을 상상해 보세요.
쉽지 않을 거예요.
커다란 소가 외나무다리를 건너는 모습이라니...
사는 것은 이렇게 많은 어려움이 있다는 것을
이야기하는 것일 거예요.

다리를 건너야
꿈꾸고 바라는 것에 도달할 수 있고

그러기에 어떻게든 넘어야만 합니다.

이렇듯 서로 기대고 격려하면서
돌아올 수 없는 외나무다리를 건너가는 것이
"인생(人生)"인 것입니다.

내 옆에서 기대주며 격려하며
아슬아슬한 그 길을 함께 건너가는
그 사람,
바로 여러분입니다.
함께 해주셔서 감사합니다.

오늘은
날이 춥다고 합니다.
마음은 따뜻하게 보내세요.

세 가지 마음

〈벌써 일년〉이라는 한때 인기 있었던 가요가 있습니다.
시간이라는 것이 그런 것 같아요.
이따가 해야지!
내일 해야지!
다음에 해야지! 할 때는 시간이 많이 남아 있는 줄 알았는데
지나고 보면 어찌 그리 후딱 지나는지.

그래서 매일매일 정해진 일을 하시는 분들을 뵈면
많은 것을 배웁니다.

어떤 일을 잘 해내기 위해서는 세 가지 마음이 필요하대요.
초심, 열심, 뒷심.

'초심'은 어떤 일을 하기 위한 결심입니다.
처음 마음은 오염되지 않은 마음입니다.
그 바람을 늘 기억하면서 그 마음을 흐리지 않는다면
욕심에 흔들리는 아픔을 겪지 않아도 되겠지요.

'열심'은 어떤 일을 해내는 행동을 위한 마음입니다.
처음 마음 먹은 대로 열심을 다해 한다면
원하는 결과에 가깝게 다가가겠지요.

'뒷심'은 끝까지 해내는 마음이겠지요?
가다가 중지하면 아니 감만 못하다는 옛 성현들의 말씀처럼
뭔가 시작하면 끝까지 갈 수 있도록
마음을 다독이며 일을 하는 뒷심이 필요하겠지요.

이 세 가지 외에 흔들리지 않는 뚝심도 필요하네요.

이렇게 적다 보니
어떤 일 하나도 그냥 이루어지는 것은 없다는 생각이 들어요.

처음 마음으로
열심히 최선을 다해
흔들리지 말고
끝까지 해냅시다.

말

하고 싶은 말이 있어도 못 할 때가 있고
하지 말아야 할 말도 해버릴 때가 있어요.
이왕에 하는 말도 듣기 좋게 표현해서
상대를 기쁘게 하는 경우도 있고,
마음과는 다르게 표현해서
결국은 내 마음도 상하고 마는 경우가 있습니다.
혀의 길이는 겨우 세 치라는데
이 혀를 통해 나온 말이 일으키는 파장은 엄청납니다.

어떤 이를 보면 늘 무슨 말을 할까 조마조마하고,
어떤 이는 늘 말에서 신뢰를 느끼게 하기에
그와 나누는 대화는 즐겁고 충만한 마음을 느끼게 합니다.
언어는 마음의 집이라고 하지요.
마음속의 생각들이
뇌에 저장된 자신만의 방식을 가진 회로를 거쳐
말로 표현되어 나오기 때문이에요.
그래서인가?
누구 입에서는 매일 꽃 같은 말이 나오고

누구 입에서는 듣기에 아픈 말이 나오더군요.

여러 명이 모인 곳에서 대화를 하다 보면

꼭 한 사람은 있어요.

가만히 듣다 보면 누군가를 향한 비난이고

누군가의 험담이거나 공격할 기회만 엿본 듯한 말만 하시는 분이요.

그런데 그 험담하는 분의 지인에게

가끔 마음 상하지 않으시냐고 물었더니,

본인도 마음 상하지 않는 것은 아니나

말의 본질에만 마음을 쓴다고 하셨어요.

그 말에 참 많은 것을 배웠어요.

아! 저렇게 받아들이면 되는구나 하고.

나이 들면 꼰대라고 비하해서 이야기할 때가 있는데,

저도 그 범주에 들어가려는지

자꾸 남의 말이 귀에 거슬리기 시작하더군요.

문제는 그렇게 마음이 넓은 분보다

저처럼 자꾸 남의 말이 필터링되는 사람들이 많다는 것이에요.

더 중요한 일은 내가 누군가를 아프게 한다는 것이겠지요.

톨스토이는

"해야 할 말을 하지 못해 후회스러운 일이 백 가지 중 하나라면,

하지 말았어야 할 말을 해버려 후회스러운 일이

백 가지 중 아흔아홉"이라고 했습니다.

정말 그래요.

하지 말아야지, 하지 말아야지 했던 말을 해버려
후회한 기억이 주르륵 떠오르네요.
하지 말아야 할 말은 하지 말고
오늘 누군가에게 꽃을 선물하는 마음으로
최대한 아름답게 표현하는 하루 만들어 보는 건 어떨까요?

그럼 굿데이. ♡

삶의 의미를 달인다

날이 쌀쌀해지니 목이 간질간질.

감기가 저랑 친하고 싶다는데 요즘 해야 하는 일이 많아서 앓아 누우면 안 되는 상황이라 계속 몰아내고 있어요.

서울 근교 대부분 저수지 인근에 음식점과 찻집이 즐비하듯, 제가 근무하는 학교 인근 유명한 저수지에도 제법 음식점들이 모여 있는데, 그 가운데 전통 찻집이 하나 있습니다. 그곳에서 판매하는 마른 대추를 달인 걸쭉한 차를 마시고 나면, 왠지 몸에 좋은 것을 준 것 같은 뿌듯함이 있습니다. 정말 가끔 먹었는데 요즘 그 차가 그립더군요.

마침 어제 지나가는 길에 농협에서 주최하는 먹거리 장터가 있기에 이런저런 몸에 좋다는 것을 조금씩 샀고, 늦었지만 깨끗이 씻고 다듬어 유리탕기에 넣고 끓였어요.

우리나라 말에 '달인다'라는 말이 있는데, 차를 끓이면서 그 말의 의미를 알 것 같았어요. 인삼처럼 좋은 성분이 인증된 약초는 아니더라도, 기관지에 좋다는 도라지나 여성에게 좋다는 칡, 단맛을 주는 감초 등 조금씩 유용한 성분들을 가진 약용식물들을 함께 넣어 오래 달이자, 먹기에도 좋고 몸에도 좋고 무엇보다 따뜻해서 요즘 같은 가을에 딱인 한방

차가 만들어졌어요.

사실 끓이면서 파괴되는 영양소가 있을지도 모르고, 정말 몸에 좋은 성분인지 아니지도 모르며, 이 글을 읽으시고 "그것들은 한번에 드시면 안 되는 것들이에요"라고 하시는 분도 있겠지만, 오랜 시간 뭉근히 끓여 우려낸 성분들이 풍기는 향내와 풍미는 세련된 찻잔에 담긴 홍차보다 짙은 맛이 있었어요.

그냥 꾹 짜서 먹는 주스의 신선함이 좋을 때도 있고, 설탕을 붓고 청을 만들어 먹는 계절과일들의 달콤함이 좋을 때도 있지만, 오랜 시간 공들여 끓인 대추차의 깊은 맛은 삼키는 순간 마음까지 평온하게 합니다.

가끔 어울리지 않는, 함께 있으면 안 되는 사람들이 아옹다옹하며 살때 자신이 가진 좋은 점으로 남의 인생을 함께 달인다면, 앞으로 나의 삶은 적당한 향을 품고 온기를 내는 그런 삶이 되지 않을까 하는 생각이 듭니다.

가까이 계신다면 따뜻한 차 한 잔 대접하고 싶은 아침입니다.

인생도 여러 재료가 어우러져 깊은 풍미를 내는 차처럼 아름답게 달여 내시기를 바랍니다.

내
인생을
아름답게
닦여내는
하루

나의 생각

나의 생각으로
남을 판단하지 말 것.
나의 경험으로
남에게 조언하지 말 것.
내가 안다고
남을 가르치려 하지 말 것.
나의 기준에
남을 맞추라고 강요하지 말 것.

흐르는 물처럼
높은 곳에서 낮은 곳으로 흐를 것.
담기는 그릇에 따라 변하는 물처럼
유연하게 살 것.
막히면 돌아가는 물처럼
쉽게 포기하지 말 것.
이 물과 저 물이 합해지면 보여주는
완전한 포용을 배울 것.

특히 나만 옳다고 하지 말 것.
나에게는 좋은 일만 생겨야 한다고
생각하지 말 것.

상쾌한 아침!
물을 많이 마시고 즐거운 하루 보내세요.
흐르는 물처럼 자연스럽게 흐르는 하루^^

"1"

아침에 일어나면 글을 쓰기 위해 인터넷 검색을 하곤 하는데
다음과 같은 넌센스 퀴즈를 보았어요.

다음 물음표의 값은 얼마일까요?
$$(1+1+1+1+1+1+1+1+1+1+1+1+1+1+1+1+1+1) \times 0+1=?$$

맞아요.
답은 1이에요.

수학의 부호는 명령어입니다.
아주 간단하게 이렇게 말하고 있습니다.
주어진 숫자들을 더하세요.
주어진 숫자들을 곱하세요.
주어진 숫자에서 주어진 숫자를 빼세요.
그리고 주어진 숫자를 주어진 숫자만큼 나누세요.
하고 우리에게 명령을 하는 거지요.

알고는 있었는데

여러 개의 1을 더했는데
한 번 0을 곱했더니 0이 된다는 규칙이 갑자기 생소해서
사전을 찾고 생각을 했습니다.
저는 처음 그것을 보고 0 때문에
여러 개의 1을 더한 숫자가 0이 되었으니
내 인생의 0은 뭘까? 하고 생각했는데,
숫자 0 때문에 0이 된 것이 아니고
부호 × 때문이라는 사실을 깨달았습니다.

더하기는 원래 있던 숫자에 쌓아가는 것이기에
아무것도 쌓지 않아도 원래 있던 숫자는 남아 있지만,
3을 곱하라는 말은 주어진 숫자를
3번 반복해서 더하라는 의미입니다.
그런데 곱하기 0은 더하는 행동 자체가 없으니
0이 되는 평범한 사실을 오늘 아침에야 깨달았어요.
어떤 일을 할 때 아무리 좋은 것을 가지고 있고
여건이 좋아도 하지 않으면
아무것도 아니라는 것을.

$123456789 \times 0 = 0$
$1 \times 234567890 = 234567890$
내가 가진 것이 1234567890일지라도 아무것도 하지 않으면
1을 234567890번 더하는 사람에게는 당해낼 수가 없다는 것.

그러니 정말 중요한 것은 "해야 한다"는 것입니다.

흐린 아침입니다.
그래도 여유로운 일요일 아침이니
마음은 즐겁게요~~

도형

세모를 그려 봅니다.
선을 긋다가 두 번 꺾어 각을 만들어
처음 시작점으로 가서 마칩니다.
네모도 그려 봅니다.
역시 선을 세 번 꺾어 그려
처음 시작점에서 만나면 네모가 됩니다.
원을 그려볼까요?
각을 구부리지 않고
처음 시작점으로 돌아와 만나면
우리는 그 도형을 원이라 부릅니다.

선을 그립니다.
쭈욱 그어 처음 시작점에서 만나지 않으면
우리는 그것을 어떤 도형이라고도 말할 수 없습니다.
어떤 일을 시작할 때 쭉 나가기만 한다면
잘 나가는 듯이 보이지만
원하는 형태를 만들 수가 없습니다.

중간 중간 고비가 다가와 한 번씩 구부러지고
잘 나아가고 있나 되돌아 점검하느라 구부러지고
잘 되면 혹시나 하고 경계하면서 스스로를 구부리고
처음 그 일을 시작할 때의 마음에 닿아야
아마도 진실로 원하는 일을 이루었다고 할 수 있을 거예요.

사랑도 처음엔 함께만 해도 좋은 것이
자꾸 바라는 것이 쌓이며 속도를 내면서
앞으로만 가니 그 속도가 점차 빨라져
처음 그 마음으로 되돌아오기 힘들기 때문에
영원한 사랑은 없다고 생각하는지도 모릅니다.

부자가 행복하지 않은 이유도
자꾸만 재물이 쌓여가는데도
처음의 자신을 만나는 것을 잊고
또 다른 부의 축적을 향해 나아가기 때문일 것입니다.

어느 도형이 좋다고 할 수는 없습니다.
가끔은 일직선만 그리고 사는 사람도 있습니다.
그래도 제게 물으면 저는 별모양과
하트를 좋아한다고 하고 싶어요.
여러 번 구부러졌지만
어쩐지 빛이 나는 것 같은 느낌을 주는 도형이 별모양이구요,

큰 꺾임 두 번을 부드러운 곡선으로 이어주어
왠지 사랑이 퐁퐁 솟아오르는 것 같은 느낌을 주는 것이
하트이기 때문이에요.

내게 오는 어려움을 잘 견뎌내면
그 어려움만큼 별처럼 빛날 수 있고
누군가 나를 찌르는 말을 해도
맞받아치지 않고 하트의 아랫부분처럼 뒤로 물러서 준다면
아마도 우리는 영원히 사랑할 수 있을 거예요.

이 달의 첫날 아침 문을 엽니다.
가을 하늘이 높고 맑아요.
청명한 공기와 더불어 좋은 일만 가득한 한 달 되었으면 해요.

그럼 아름다운 하루 보내세요~~♡

나의 것

다음은 고려 말의 고승인 나옹화상의 누나가 지었다는 〈부운(浮雲)〉입니다.

빈손으로 왔다가 빈손으로 가는 인생이여
날 때는 어느 곳에서 왔으며, 갈 때는 어느 곳으로 가는가?
나는 것은 한 조각 구름이 인 듯하고
죽는 것은 한 조각 구름이 스러지는 것.
뜬 구름 자체는 본래 자체가 실이 없나니
죽고 사는 것도 역시 이와 같도다.
그러나 여기 한 물건이 항상 홀로 드러나
담연히 생사를 따르지 않네.

空手來空手去 是人生 (공수래공수거 시인생)
生從何處來 死向何處去 (생종하처래 사향하처거)
生也一片浮雲起 (생야일편부운기)
死也一片浮雲滅 (사야일편부운멸)
浮雲自體本無實 (부운자체본무실)
生死去來亦如然 (생사거래역여연)

獨一物常獨露 (독일물상독로)

湛然不隨於生死 (담연불수어생사)

공수래공수거(空手來空手去).

세상에 태어날 때 가지고 온 것은 아무것도 없는 것처럼

세상을 떠날 때 아무것도 가지고 갈 수 없음을 의미하기도 하지만,

무엇인가를 가지기 위한 집착을 달래는 말로도 사용되는 말입니다.

얼마 전 번개모임을 가지면서 제가 준비한 글을 썼는데, 읽어볼게요.

세상에 어느 것 하나 제 것이 없습니다.

세상에 제 것이 아닌 것이 없습니다.

태어나면서 손에 무엇을 쥐고 오는 사람도 없지만

돌아가는 그 순간에도 아무것도 가지고 갈 수 없음을

우리는 알고 있습니다.

그러니 무엇인가 내게 있다 해도 나에게 잠시 머물다 가는 것이며

지금 쥐고 있는 것이 없다 해도 영원히 아무것도 없는 것이 아닙니다.

아무것 없이 왔어도 이렇게 살고 있습니다.

아무리 많아도 결코 가지고 갈 수 없습니다.

그러니 가능하면 지금 행복의 감정을 느끼며 살았으면 합니다.

그 행복을 느끼려면 내게 주어진 것에 감사하는 마음이 필요합니다.

내가 가진 많은 것들을 활용하지 못하면서

없는 것을 원하고 바라지 않았는지 생각해 봅니다.

오늘 하루.
내게 주신 것에 감사하며 주신 것을 잘 사용하는 하루 되었으면 합니다.
즐겁고 행복하게 시작하세요.

덕담

즐거운 마음으로 출근 준비하고 계시겠지요?

이번 주가 올해의 마지막 주이군요. '아~~언제 이렇게 시간이 흘렀지?' 하는 생각은 누구나 하실 것 같아요.

초등학교 다닐 때, 방학이 되면 할머니 댁에 내려가 지내곤 했었어요. 도시에서 직장생활을 하시는 아버지 덕분에 저희는 도회지에 살았는데 방학이 되면 할머니 댁에 가는 것만이 유일한 시간 보내기 방편이었지요. 그때는 방학의 시작과 더불어 내려가서 개학날이 가까워야 어머니가 데리러 오셨어요.

아주 오랜 기억을 더듬어 보면 할머니 댁에는 앞마당 부엌 가까운 곳에 우물이 있었고, 길에 면해 있는 담장에 고염나무가 있어 가을이면 열매를 따먹었던 것 같고, 할머니는 앞마당에 푸성귀를 키워 우리에게 반찬을 해주셨어요. 오일장 열리는 날은 장에 가셔서 생선을 사다 구워주시고, 집에서 키우던 토끼도 손주들의 밥상에 탕을 만들어 올리셨죠. 뒷마당에는 살구나무가 크게 자라고 있어 여름에도 뒷마당은 시원했지요.

그곳에서의 시간은 길고 지루하게 느껴졌는데, 버스를 몇 번 타고 가느라 짐을 줄여야 해서 책도 몇 권 가져가지 못했어요, 그곳 학교에는 도서관도 없는 시골이었기에 가져간 몇 권의 책을 되풀이해서 읽고 그래도 심심하면 방학책까지 샅샅이 읽었고, 동네 아이들과 학교 운동장에서 공기놀이를 해도 하루 해가 몹시 길게 느껴졌던 생각이 납니다.

유년시절의 그 지루했던 시간의 흐름을 기억하고 있는데, 시간의 흐름은 나이에 비례한다더니 요즘은 월요일인가 하면 금요일이고, 1월인가 하면 한 해의 절반이 지나고 어느새 올해의 끝자락에 왔으니, 빠른 시간의 흐름에 그저 놀라울 따름입니다.

여러분들은 한 해를 잘 보내셨는지요?
송년을 맞게 되면 지인들과 덕담을 주고받는데,
이번 주는 올해를 잘 살아낸 자신에게 덕담을 하면 어떨까요?
내게 기쁜 일이 있으면
누군가는 그 기쁜 일로 힘들었을 수도 있고,
내게 힘든 일은
누군가는 성취감을 가졌을 수 있습니다.

길고 짧은 건 대어 보아야 안다고 했으니
올해를 반추해서 힘든 일이 많은 경우라도
스스로를 토닥이며 힘내서 새해 맞으시기 바랍니다.

참 잘했어. 일년 동안.
그만큼 했으니 잘했어.
그래도 잘 될 거야.

이렇게 자신에게 칭찬과 위로를 보내는 하루 보내세요.

자신에게 칭찬과 위로를 보내는 하루 내세요

짝짝짝

여명

새벽에 일어나 불도 켜지 않은 채 웹서핑을 하다가 창을 보니
어둠은 물러나고 여명이 아침을 데리고 왔네요.

처음 캄캄한 곳에 들어가면 순간 아무것도 보이지 않다가
적응이 되면 그 어둠속에도 보이기 시작합니다.

아침에 일어나 창밖을 보면서
캄캄한데도 앞집의 형태며 하늘이 보이네.
시간이 흐름에 따라 점점 환해져 오네.
이런 생각을 하며 글을 쓰려고 일어나 불을 켜니
순간 밝아오던 바깥 풍경이 캄캄하게 느껴졌어요.

내가 어두운 곳에 있으면 바깥의 희미한 빛도 환하게 느껴지고,
내가 밝은 곳에 있으면 바깥이 식별하기 어렵게 느껴진다는 것.

돌이켜보면 내 마음이 기쁠 때 다른 이의 행복은 부럽지 않다가,
내가 어려운 환경에 처하면,
사소한 것도 부러운 마음이 든 적이 있다는 것.

내가 상황이 좋을 때
타인을 헤아리고 보살펴야 하는데 그렇게 하는 것이 쉽지 않고
내 상황이 나쁠 때
곧 좋아지겠지 하며
그 상황을 가만히 들여다보아야 하는데
나쁘다고 생각한 순간 비관적이 되기 십상입니다.

여러분은 어떠세요?
누군들 어렵지 않겠어요?
그럴 때 단단히 호흡하고 내가 누군데 하며
가만히 들여다보면 헤쳐 나갈 방도가 보일 거예요.

여러분 중에는 지금이 최고의 시기인 분도 계시겠지요?
그럴 때 주변을 돌아보며 어려운 이에게 마음을 써준다면
그 분 주위가 더욱 환해지겠지요?

오늘은 일요일 ^^
지난 일주일을 되돌아보며
참 잘했어 하고 스스로를 토닥이는 하루 보내세요.

행복한 삶을 위한
5계명

인생의 궁극적인 목표는 행복한 삶이다. 행복(Happiness)에 대한 가장 인기 있는 정의는 '주관적 안녕감(Subjective Well-being)'으로 특별한 사건이 없는 편안한 상태를 의미하며, 직장 · 건강 · 가족 등의 다양한 부분에서 자기 삶에 대한 만족감을 나타낸다. 슬프고 괴로운 사람이 자기 인생에 만족할 리는 없기에 기쁨과 같은 긍정적인 감정이 만족감에 중요하다. 그래서 행복이란 '만족과 즐거움을 느끼는 상태'라고도 한다.

행복의 기준은 사람에 따라 달라서 자신이 정한 목표를 달성할 때의 느낌(성취감)을 행복이라고 여기는 사람이 있는가 하면, 즐거운 순간순간이 반복되는 것을 행복이라고 생각하는 쾌락주의자의 행복도 있고, 가족과 잘 지내는 것에 만족하는 관계 속에서 행복을 찾는 사람도 있고, 좋은 일이나 나쁜 일이 있더라도 평정심을 잃지 않는 것을 행복이라고 생각하는 명상적인 사람도 있다. 이처럼 행복은 다양한 형태의 주관적 만족감으로 나타난다.

미국과 일본 대학생들을 상대로 행복에 대한 주관적인 만족감을 연구하였다. 그 연구의 결과에 따르면, 일본 학생들은 미국 학생들보다 친구와 함께 있을 때 행복하다는 보고가 많았고, 미국 학생들은 선물을 받거나 과제를 성공적으로 완수했을 때 더 많은 행복을 느낀다고 한다. 미국인들은 일본인들에 비해 '행복하다(happy)'를 '흥분되다(excited)'와 비슷한 의미로 사용하는 것도 알 수 있다. 이처럼 행복은 문화에 따라서도 차이가 있다.

오늘날 사람들은 주로 개인적인 안락함이나 즐거움을 행복으로 생각한다. 약 2500년 전 그리스 시대의 철학자인 플라톤(Piaton)이나 아리스토텔레스(Aristoteles)에게도 행복(Eudaemonia, 에우다이모니아)은 대단히 중요한 관심사였는데, 이것은 자기에게 주어진 의무를 다했을 때의 상태를 말한다. 당시의 삶은 개인적인 삶이 아니라 공동체적 삶이었기 때문이다. 아테네에서는 명예를 최고의 덕목으로 삼았고, 수치보다는 죽음을 택했다. 그래서 소크라테스(Socrates)가 감옥에 갇혔을 때 도망갈 기회가 있었음에도 사약을 마신 것은 공동체에서 따돌림 당하는 것이 죽음과 같은 의미였기 때문이다. 오늘날에는 소크라테스의 이러한 행동에 공감할 사람은 별로 없을 것이다. 이처럼 행복에 대한 정의는 시대에 따라서도 차이가 난다.

문화나 시대에 따라 행복에 대한 정의는 다르지만, "현재 주어진 상황에 만족을 느끼면서 살 수 있는가?"라는 물음에 대한 답은 우리가 느끼는 행복의 정도를 보여주는 것은 분명하다. 그런 맥락에서 행복하다는 뜻의 영어 표현 HAPPY를 통해 행복하게 살 수 있는 5계명을 제시한다.

1. Health: 건강하게

"당신에게 가장 소중한 것은 무엇입니까?" 이렇게 질문하면 "저에게 가장 소중한 것은 외국 여행 가서 사온 오르골이에요. 거기에는 그와의 추억이 담겨 있거든요" 하는 분도 있고, "결혼반지요" 하는 사람도 있고, 나는 "서랍 깊숙한 곳에 있는 고인이 되신 어머니의 낡은 지갑이요"라고 대답한다. 그러나 질문을 바꾸어 "세상을 살아가는 데 중요한 것은 무엇일까요?"라고 질문하면, '우정'이나 '경제력' 같은 것을 들다가도 "건강이 최고지!"라고 말하면 이의를 제기하기는 어려울 것이다.

이번 겨울 독감이 제법 무섭게 번졌고 나도 A형 독감에 걸려 한동안 고생을 했다. 플루를 복용해야만 했는데, 약을 먹고 나면 내리 잠을 자야만 간신히 견딜 수 있었다. 그때 깨달은 것이 '뭣이 중헌디?'였다. 건강이 최고라는 것을 알게 되는 것은 안타깝게도 건강을 잃었을 때이다. 평소 건강하던 때는 소중한지 몰랐던 것이 건강을 잃고 나면 얼마나 큰 것이었는지 깨닫게 된다. "사람 나고 돈 났지 돈 나고 사람 났냐"고 말하는 사람이 많은데, 이때는 사람이 돈보다 더 소중한 것임을 강조하기 것으로, 많은 것을 가졌어도 건강을 잃으면 말짱 꽝이기에 건강을 지키려는 노력을 해야만 한다.

이것은 내가 제일 못 하는 것 중의 하나이다. 건강을 지키기 위해서는 섭생이 중요한데, 아직도 단맛과 빵이나 떡 등 건강에 좋지 않다고 알려진 것들을 좋아한다. 다행히 버섯이나 브로콜리처럼 몸에 좋은 식품이라고 알려진 것들도 좋아하지만, 음식의 종류보다 더 문제가 되는 것은 규칙적으로 식사를 하지 않는다는 것이다. 아침은 간단하게 해결하고 점심도 누군가를 만나면 먹지만 혼자 있으면 그냥 또 간단하게 지나치기 일쑤이고 저녁도 그런 패턴이 되풀이된다. 아이들이 어렸을 때는 아이들을 위해 밥을 차려야 한다는 의무가 있어 이렇게까지 되지는 않았는데, 중·고등학교 다니면서 집에서 밥 먹는 횟수가 줄어들고 대학에 진학하여 집에서 떠나니 더욱 나빠진 것 같다. 어떤 분은 혼자 있어도 잘 차려 드시던데 왜 그게 그렇게 어려운지 통 모르겠다. 가끔 나의 몸을 위해 채소도 사고 과일도 사다 두기는 하지만, 며칠 지나면 음식물쓰레기로 변해 있곤 한다. 그런데 요즘 면역력이 떨어지는 징조가 몸 곳곳에서 나타난다. 특히 알레르기 반응이 나타나 벌겋게 부어오르는 것은 매우 안 좋아진 징조라고 생각된다.

이번 독감에 아버지가 놀라셨는지 매일 전화하셔서 상태를 체크하셨다. 다 낫고 뵈러 갔더니 "이번에 딸 하나 잃어버리는 줄 알았다. 이제 건강에 좀 신경 써라. 먹는 것 제때 잘 챙겨 먹고 너무 늦게 다니지 말고 충분히 자거라." 하셨다. 아버지 말씀에 평소 건강을 지키는 비법이 모두 들어 있다. 제때 밥 먹고, 잠 잘 자고. 거기에 적당히 운동까지 해준다면 점차 증가하는 의료비도 줄일 수 있고 무엇보다 행복을 느끼면서 살아갈 수 있을 것이다. 급작스런 사고를 제외하면 대개의 질병은 나쁜 섭생과 습관에서 기인한다. 잘못 먹어서 생기는 병이 많은데 너무 먹어도 병이 생기고 안 먹어도 생긴다. 잘못된 자세로 오랜 시간이 경과하면 생기는 병도 많으니 건강을 유지하기 위해 적당히 먹고 적당히 움직여주는 습관을 들여야겠다. 오래 사는 것보다 건강하게(Healthy) 사는 것이 본인도 좋고 주변인에게도 바람직하다. 남녀노소 구분 없이 행복을 위한 필수요소는 그래서 건강이다.

2. Advantage: 강점 살려서

요즘 청년실업이 국가적 해결과제로 청년실업을 해소하기 위한 많은 정책이 계획되고 시행되고 있다. 특히 취업을 위한 당사자들의 노력을 보면 일찍 태어나길 잘했다는 생각마저 든다. 예전의 우리는 학교 나오고 어찌어찌하다 보면 취직했고 결혼해서 아이를 낳아 키웠는데, 요즘은 옆에서 바라보기에 딱할 정도로 진학도 어렵고 취업도 어렵다. 그래서 2015년부터 진로교육법이 발효되어, 각 학교에 진로상담교사를 두고 학생들에게 진로탐색을 통한 행복한 미래설계를 하도록 하지만, 아직 갈 길이 먼 듯하다.

진로설계가 행복한 미래를 위해서라면 "어떻게 진로설계를 하는 것이 좋을까?"라는 질문은 결국 "어떤 일을 하고 살아야 행복할까?"라는 물음과 같다. 일반적인 진로설계 매뉴얼은 자신의 흥미와 적성을 파악하고 직업탐색과정을 거쳐 자신이 하고 싶은 일을 발견하는 것이다. 이때 학부모들과 학생들이 이런 말을 하는 것을 흔히 듣게 된다. "자녀들에게 어떤 일을 하라고 하시겠어요?" 그러면 "좋아하는 것을 하라고 하겠어요."라는 대답을 많이 듣게 된다. 이 말은 얼핏 들으면 좋아하는 일을 하면 좋고 그러면 행복할 것이라는 생각에서 오는 답이다. 우리말에서는 '좋아하는' 것은 한 가지이지만, 비슷한 의미의 영어 표현은 like, love, interesting, enjoy 등으로 다양하다.

평생을 업으로 해야 하는 일이라면 interesting한 것만으로는 부족하다. 내가 거기에 흥미가 있다고 해도 잘하지 못한다면 성취감이 떨어지고 그 일에서 낙오되어 내 일이 되기 어렵기 때문이다. 예를 들면 이런 경우이다. 나는 음식에 흥미가 있다. 먹는 것을 즐길 수도 있고 만드는 것을 즐길 수도 있다. 음식을 만드는 것을 즐기고 흥미가 있다고 하더라도, 뛰어난 맛을 내며 보기에 좋은 음식을 제공하지 못한다면 쉐프로 살아가기에는 어려움이 있다. 음식을 만드는 것도 즐기고 만드는 음식이 맛있고 모양도 남다르게 잘 할 때 직업요리사가 될 수 있다. 그런데 "좋아하는 것을 해!"라고 말하는 것은 어찌 보면 무책임한 조언일 수 있다. 일은 개인의 행복을 위해 중요한 요소이다. 그 일을 통해 생계를 영위하고 안정적인 생활을 하고, 나아가 직업과 관련된 문화를 향유할 수 있기 때문이다. 또한 일을 통해 사회적 관계를 맺으며 사회적 지위를 획득하게 되므로 개인의 행복과 직결된다. 그래서 나는 학부모와 상담을 할 때, 아이가 무엇을 잘하는지를 눈여겨 보라고 조언한다.

대부분 잘하는 것을 좋아하지만 좋아하는 것과 잘하는 것이 상충되는 경우가 있는데 이럴 때 나는 "잘하는 것을 직업으로 가지게 하고, 좋아하는 것은 취미생활로 가지도록 지도하세요" 하고 권유한다. 큰 아이가 어렸을 때 체르니 100번 정도까지는 했는데, 고2 때 피아노를 치고 싶다고 하여 디지털피아노를 사주었다. 피아노를 좀더 배우고 싶어 하여 레슨 강사를 찾아 교습을 청했더니, "이제 와서 배우는 거니 그냥 피아노를 즐길 수 있게 가요 치는 법을 가르치겠다"고 하여 두어 달 배웠다. 이후 밤늦게 학원에서 돌아와 헤드셋을 끼고 내게는 삐거덕거리는 건반을 터치하는 소리로만 들렸지만 본인은 하루의 힘든 공부를 힐링하는 것 같아 보기 좋았다.

그런데 3학년이 되어서는 일렉트릭 기타에 취미가 생겨, 학교에서 밤에 돌아와 피아노와 기타를 번갈아가며 쳤다. 내게는 삐거덕 소리와 삑 삑 소리로만 들렸지만 수험생이 가지는 스트레스를 푸는 방법이라는 생각이 들고, 악기 하나 다루지 못하는 나로서는 부러웠다. 그런데 "어느 날 기타를 치고 싶다"고 해서 "너 지금 밤마다 치잖아" 했더니 "기타 치는 일을 하고 싶다"는 것이었다. 그러면 "기타 쳐서 먹고 살고 싶다는 이야기냐? 취미로 기타 치고 싶다는 이야기냐?" 했더니 전공을 기타로 하고 싶다고 했다.

얼마나 기타를 잘 쳐야 먹고살 만큼 될까? 그렇게 하려면 얼마나 기타를 쳐야 할까? 잘 생각해 보고 다시 이야기하자고 하였다. 나중에 기타는 취미로 하면 안 되겠느냐? 동호회도 많으니 그렇게 활동도 하면 생활에 활력소가 되지 않을까? 다행히-내 관점에서- 아이는 기타를 전공하겠다는 생각은 접었고, 공부에 따라오는 스트레스 해소용으로는 내내 가까이 하였다. 대학교 가서는 단과대 밴드활동도 했다. 내가 판단했을 때 그 아이는 기타연주보다는 실험 실습에 더 강점을 보이는 특성들이 있었기에 그런 조언을 하였다. 지금 그 아이는 공대생으로 박사과정에 있다. 만약에 우리가 알고 있는 들국화의 기타리스트 같은 열정이나 끼가 보였다면 또 그 길에서 행복하게 살고 있겠지만, 그런 면은 조금 부족하였기에 취미로 하라고 조언하였고 지금 그 아이는 자신이 하는 연구를 통해 행복을 느끼며 살아가고 있다.

4차 산업혁명시대를 맞이하여 필요한 사람은 어느 한 분야를 잘하는 사람이다. 그 분야의 전문가가 되려면 좋아하는 일을 잘하는 사람이어야 한다. 그러니 자신이 가진 장점보다 강점을 찾는 것이 우선되어야 한다. "나는 성격이 좋아"보다 소통능력이 뛰어나야 협상전문가가 될 수 있는 것이다.

얼마 전 사·오십대의 명퇴가 일반화되어 사오정이니 오륙도니 하는 말이 유행어로 사용된 적이 있었다. 요즘 베이비부머 세대가 공직에서 은퇴하여 노인으로 편입되는 2018년은 시니어 일자리 창출도 중요한 사회문제이다. 그래서 제2의 인생을 준비하기 위해 많은 분들이 이런저런 준비를 하고 있는데, 가끔 그 나이에 뭔가 새롭게 시작하려는 분이 있다. 한평생 가족과 사회를 위해 헌신한 그 분들이 젊은 날에 하고 싶었던 것을 해보는 것은 바람직하다. 그러나 제2의 일자리를 위해 준비하며, 전혀 새로운 일을 배워 시도하는 것은 바람직하지 않다. 자신이 해왔던 일을 돌아보고 그 중에 자신 있게 할 수 있는 일을 응용하여 새로운 일을 만드는 것이 잘 알지 못하는 분야의 일을 하는 것보다 성공확률이 높다. 그러므로 시니어들도 "나는 무엇을 잘했는지"를 살펴보고, 그 일을 제2의 인생에서 내가 주인이 되어 하는 일로 삼는다면 생소한 분야의 일을 하는 것보다 인맥도 있고 경륜도 있어 도움이 될 것이다.

3. Positive : 긍정적으로

'당신은 매사 긍정적이에요' 이런 평가를 듣는가? 혹은 '당신은 늘 부정적이야' 이런 평가를 듣는가?

자동차 사고를 당하고 아직도 거동이 불편한 지인을 병문안 갔을 때, 그 분이 처음 한 이야기가 "이 정도라 다행이라고 생각해요"였다. 그 이후 몇 차례 더 갔는데, 평상시의 유머 감각으로 오히려 우리를 위로해준 그 분을 보면 긍정적이라는 말이 저절로 떠올랐다. 어떤 사람은 늘 불평

불만 투성이다. 그 사람에게는 부하 직원도 마음에 안 들고 집에 가면 집안이 엉망으로 보인다. 또 어떤 사람은 좋은 면만 본다. '이 분야는 이 친구가 정말 잘하네' 혹은 '저 분야는 저 친구가 더 잘하는 걸' 하며, 그렇게 잘하는 일을 시키면 그 조직은 시너지가 일어날 수밖에 없다.

매일 지각하는 아이가 있다. 그 아이는 마음이 편할까? 아니다. 늦게 학교 가서 야단맞고 친구들에게 게으른 것처럼 보이는 것을 좋아 하는 아이는 없을 것이다. 그럴 때 "무슨 일이 있어서 늦었니?" 하고 물어 보면 그 학생이 처한 상황도 이해할 수 있고, "그랬구나. 다음부터는 내가 알람 해줄게." 하고 이야기해 줄 수도 있다. 또한 그런 학생에게 "네가 그래서 늦었나 보구나. 일찍 일어나려면 무엇이 필요하지?" 하며 함께 고민하고, "인내, 성실성, 책임감 등등이요."라고 대답한다면, " 그래, 한 번 같이 노력해 보자."라고 긍정의 언어로 충고해 줄 수 있다.

근래 긍정의 심리학이 크게 유행하였다. 긍정심리학은 1998년 미국 심리학회 회장이었던 펜실베이니아 대학교 교수인 마틴 셀리그먼에 의해 창시되었다. 그는 행복해지려면 행복에 대해 지금까지 가지고 있던 시각부터 바꾸라고 조언하였다. 낙관성ㆍ긍정정서를 키우고, 강점을 찾고 일상에서 발휘해서 내 안에 있는 행복을 끌어내고 키움으로써 '진정한 행복'을 만들 수 있다고 말하였다. 윌리엄 제임스를 비롯한 많은 심리학자들이 주로 화, 걱정, 불안, 우울 등을 0인 상태로 만들기 위해 노력하였으나, 긍정 심리학자들은 부정적인 감정을 0으로 만드는 데 그치지 않고 −5에 있는 사람들은 0으로 끌어올리고 +2에 있는 사람들을 +6으로 끌어올리려는 노력을 기울인다. 즉, 부정적인 감정을 감소시켜 불행하지 않은 상태로 만드는 데 만족하지 않고, 불행하지 않거나 조금 행복한 사람들을 더 행복하게 만들어 주는 것이다. 행복도 배울 수 있고, 행복에 대해 과학적으로 이야기할 수 있게 된 데는 긍정심리학의 영향이 지대하다

긍정심리학은 사랑, 감사, 즐거움, 용서, 일의 만족도 같은 긍정정서와 창의성, 용감성, 감상력, 호기심, 열정 같은 강점들이 삶속에서 어떻게 작용해서 어떤 결과를 산출해 내는지를 살펴, 개인과 조직에 있어 최적의 기능과 작용에 대해 학문적 연구를 수행하였다. 그 결과로 도출된 행복을 결정짓는 중요 요소는 긍정 경험을 통해 긍정 정서를 확장하고 구축했는가 하는 부분과 일상의 일과 사랑, 자녀양육에서 대표 감정을 발휘하느냐를 들고 있다.

종신서원을 하는 수녀들에게 자신을 소개해 달라는 짤막한 글을 부탁했을 때 '참으로 행복하다'거나 '크나큰 기쁨' 등의 감격적 표현을 사용한 수녀가 긍정정서가 전혀 들어 있지 않는 내용의 글을 쓴 수녀보다 훨씬 오래 살았다는 연구결과가 있다. 또 캘리포니아의 밀스 대학의 1960년도 졸업생 141명을 대상으로 실시한 뒤센미소(마음에서 우러나온 활짝 웃는 미소)실험에서 미소를 지은 여학생들을 27세, 47세, 52세의 생애주기 때마다 만나 결혼과 생활 만족도를 조사하였다. 그 결과 놀랍게도 졸업 사진에서 뒤센미소를 짓고 있는 여학생들은 대부분 결혼을 하고 30년 동안 행복하게 살고 있었다. 두 연구결과는 긍정적 태도가 곧 행복한 삶과 직결된다는 것을 증명하는 결과이다.

행복이란 무엇인가? 어떻게 사는 것이 행복한 삶인가? 행복해지려면 어떤 변화가 필요한가? 등의 질문들은 우리 삶에 있어서 가장 기본적이고 중요한 물음이다. 그 대답에 따라 인생의 방향이 달라지기 때문이

다. 이에 대한 요구가 커지자 서울대학교를 비롯한 몇몇 대학교에서 긍정 심리학에 관한 강의를 핵심 교양강좌로 개설하기 시작했다. 바야흐로 행복이 대세인 세상이다. 모든 사람이 좀더 행복하고 만족스러운 삶을 영위하도록 희망, 낙관, 몰입, 창의성, 미래지향성, 지혜, 용기, 용서, 감사, 종교, 사랑, 유머 등과 같은 긍정 심리를 가지도록 노력하는 것이 필요하다.

내면에 자리 잡은 긍정의 정서들을 끌어올려 스멀스멀 올라오는 부정의 정서들을 누르고 행복해 보자.

4. Personal relationship : 대인관계 좋게

사람은 사회적 동물이다. 로빈슨 크루소처럼 무인도에서 혼자 살지 않는다면 끊임없이 누군가와 연결되어 있다. 특히 정보기술 진보와 디지털기기의 발전은 시공간의 제약을 뛰어넘어 초연결사회로 이끌고 있다. 사회적 관계가 대면적인 공간에 머무르는 것이 아니라, 다양한 SNS를 통해 시공의 제약을 넘어선 관계를 이어나가고 있다.

과거보다 사회적 관계는 간단하지 않다. 디지털화로 인간관계가 소원해졌다고 오히려 다양한 매체를 통해 더 광범위한 관계를 유지하고자 한다. 지하철을 떠올려 보자. 승객들 대부분은 모두 손에 쥔 핸드폰을 보느라 몰입가경이지만, 그것은 누군가와 톡을 하거나 기사를 읽거나 메일을 보는 등으로 끊임없이 소통하고 있는 것이다. 이러한 다양한 관계 속에서 살아가기에, 다른 한편으로는 사회적 관계를 맺음에 있어 조심성이 요구된다. 나는 지금 어디에 누구와 관계를 맺고 있는가?

우리는 평생을 사회적 관계를 맺으면서 살아간다. 사회적 구성원으로서 피해를 끼치는 사람만은 되지 말라고 학생들에게 강조한 적도 있었다. 그런데 왕따는 이제 학생들만의 문제가 아니라 새내기 직장인에게도 심각하다고 한다. 관계를 좋게 하는 기본 팁을 혹시 묻는다면 먼저 이렇게 답해 줄 수 있다. 상대가 나라고 생각하고, 내가 받고 싶은 걸로 해주고 받기 싫은 것은 주지 말라고 할 것이다. 예수님은 "남에게 대접을 받고자 하는 대로 너희도 남을 대접하라"라고 하였고, 공자는 "내가 하기 싫어하는 것을 남에게 하지 말라"(己所不欲 勿施於人)고 하였다. 그러면 관계의 홍수 속에서도 좋은 연을 이어갈 수 있을 것이다.

두 번째, 관계는 언젠가는 끝이 있기 마련이다. 돌아서는 순간에 전혀 예상하지 못한 모습을 보여주는 사람이 있다. 나를 힘들게 하고 불쾌하게 한 사람이라도 다시 만나게 되는 일이 생기는 것이 세상사이다. 그러니 처음처럼 마지막 모습도 아름답게 하자. 정말 마지막이라고 막대하거나 혹은 다시 안 만날 사람이라고 함부로 했다가 낭패를 보는 경우가 허다하기 때문이다. 종종 SNS를 통해 많이 공유되는 글들을 보면 허름하게 입은 노인에게 친절하게 대했는데, 알고 보니 대단한 인물이어서 도움을 받아 인생이 바뀌었다는 이야기가 있다. 이것은 그만큼 타인을 대하는 태도는 한결같은 존중을 바탕으로 누구에게나 예의를 지켜야 함을 강조한 것이라고 생각한다.

세 번째, 몸가짐과 마음가짐이 정갈해야 한다. 요즘은 시간이 없어 백화점에 잘 안 가지만 백화점에 갈 때는 옷을 신경 써서 입고 나간다. 너무 화려하지 않게, 그러나 기품이 드러나게 차려야 마음이 상하는 것을 막을 수 있다. 허름하게 옷을 입고 나가면 하대를 하고 너무 화려하게 입고 나가면 지나치게 친절해서이다. 타인을 겉모습을 보고 평가하고 그에 따라 대우하는 사람은 인간관계에서 낭패를 보기 쉽다. 주변을 살펴보면 매우 부유하신 분들도 소박하게 하고 다니시고 검소한 생활을 한다. 겉모습으로 사람을 평가하는 것만큼 어리석은 것은 없다.

네 번째, 사람과의 관계에서 일방적으로 주거나 또는 일방적으로 받기만 하는 관계는 없다는 것이다. 주어야 오고 받으면 갚아야 그 관계가 오래 좋은 느낌으로 지속된다. 대부분 나만 손해나는 것을 좋아하지 않는다. 모두 나라고 생각하고 대하면 실수가 없을 것이다. 내가 맛있으면 남도 맛있으니 젓가락질을 자제하고, 내가 편하면 남도 편하니 자리를 양보하는 사람을 사람들이 좋아할 것이고, 그런 사람은 늘 사람들과 즐겁고 행복한 관계를 이어갈 수 있을 것이다.

5. YOLO(You Only Live Once): 한 번뿐인 인생! 즐겁게

욜로는 어차피 한번 사는 인생이라고 막 하자는 것이 아니다. 한번 사는 인생이기에 잘 살자는 것이다. 가끔 그런 생각을 한다. 나는 어디에서 왔고 어디를 향해 가고 있는가? 이것이 철학의 기본이지만 내가 온 곳과 갈 곳을 모르니 더 열심히 살아야 한다. 특히 미래가 불확실한 현대인들이 자신이 실존하고 있는 현재의 삶을 소중히 여기며 살겠다는 것이 'YOLO'인 것이다.

얼마 전 섬 해안도로를 운전하고 있을 때 버스를 추월하던 승용차와

추돌하여 그 자리에서 의식을 잃는 큰 교통사고를 당한 적이 있었다. 인근 열악한 환경의 병원에 있던 엑스레이로 촬영했더니 겉보기에 멀쩡했지만, 의식을 차린 후 내 몸에 이상이 생겼음을 알고 큰 병원으로 후송해 달라고 요청했다. 배를 타고 나와 큰 병원에 가서 정밀검사를 하니, 내출혈이 있어 생살을 찢고 갈비뼈 사이로 튜브를 삽입해 고인 피를 뽑아야 한다고 했다. 깨끗하게 나오지 않으면 폐 절제 수술을 해야 한다는 진단과 엄청난 고통이 몰려왔다. 곧이어 중환자실에서 면회가 제한된 채 며칠을 다시 못 일어나면 어쩌나 하는 두려움 속에서 보냈다. 당시 남북의 긴장관계가 고조되어 내가 살던 곳이 불바다가 된다는 위협을 받고 있던 터라 사고 나기 전 날 혹시나 해서 작은 가방을 꾸려두었었는데, 친정에서 치료를 받고 한 달 후에 약간은 불편한 채로 다시 집에 돌아가 그 가방을 보았을 때, 한 치 앞을 못 보는 게 인생이구나 하는 생각이 강하게 들었다.

그때부터 내 인생은 바뀌게 되었다. 나에게는 오늘뿐이다. 내일을 위해 다시는 가방을 꾸리지 않겠다. 가방을 준비하였어도 오늘 내게 사고가 나면 무용지물이다. 그래서 현재를 충실하고 즐겁게 사는 것으로 삶의 지침을 바꾸게 되었다. 그런데 최근 들어 'YOLO'를 외치는 세상이 되니, 내가 몸소 겪은 YOLO가 떠올랐다.

제일 중요한 시간은 '지금'이며 가장 중요한 장소는 '여기'라는 것이 YOLO의 기본 정신이다. 중 3때 국어과목을 담당했던 멋진 담임선생님은 첫날 칠판에 "내일, 내일 하지 마라. 내일은 끝없는 내일이다"라고 쓰셨고, 한때 이 말은 나의 좌우명이었다. 어떤 일을 할 때 데드라인 증후군이 있는 것처럼 내일을 의식하면 늘 일을 미루게 된다. 역으로 내일을 위해 오늘의 행복을 미루다 보면 끝내 행복을 만나게 되기는 어렵다.

YOLO는 소비자의 심리를 자극해 주머니를 열어 이익을 극대화하려는 목적으로 사용되기도 한다는 것, 미래를 위한 준비를 하지 않는다면 불안할 수밖에 없다는 것을 안다. 하지만 늘 현재에 충실하고 지금 나와 함께하는 사람들에게 최선을 다한다면, 그 시간과 그 일들이 모여 나의 미래는 저절로 좋아지지 않을까? YOLO는 현재에 안주하거나 현재를 즐기는 것만 의미하는 것이 아니라, 현재를 충실하게 사는 것을 의미하기 때문이다.

그동안 각자의 자리에서 열심히 살아온 50·60대는 특히 YOLO 족으로 살아야 할 충분한 자격이 있다. 평균 수명을 100세라고 한다면 이제 반환점을 돌아가는 시점이다. 그동안 애를 쓰고 노력해서 힘들게 오르막길을 올라왔지만, 내려가는 길은 그만큼 더 빠를 것이기에 한번 사는 인생이고 그동안 수고했으니 즐기며 살아야 하는 것이다. 그동안 가정의 생계를 책임지느라 하지 못했던 악기를 배워보고 취미활동도 하고, 매일 일어나 가족의 뒤치다꺼리로 분주했지만 이제는 시간적 여유가 있으니 발레도 배워보고 혼자 여행도 해보는 즐거움을 누릴 자격이 충분히 있는 것이다. 국가적으로도 고령화 사회에 대한 대책을 수립하고 예산도 많이 배정했다. 그래서 50·60대를 위한 강좌가 다양하게 열리고 있다. 집 가까운 곳에서 찾아보면, 취미생활이나 인문학적 소양을 높일 수 있는 것도 있고 건강증진을 위한 것도 많다. 어차피 한번 사는 세상 'YOLO'를 외치며 즐겁고 행복하게 살아보자.

HAPPY

행복을 위한 5계명을 다시 정리해 본다.

1. Health: 건강하게

2. Advantage: 강점 살려서

3. Positive : 긍정적으로

4. Personal relationship: 원만한 대인관계

5. YOLO(You Only Live Once): 한번 뿐인 인생! 즐겁게

나이를 먹는 사람이
되지말고 멋지게
나이드는
사람이
되기